庫

らくだ

新・酔いどれ小籐次（六）

佐伯泰英

文藝春秋

目次

第一章　らくだと掏摸《すり》　9
第二章　森藩剣術指南　71
第三章　らくだ探し　135
第四章　弱気小籐次　196
第五章　熱海よいとこ　259

「新・酔いどれ小籐次」おもな登場人物

赤目小籐次《あかめことうじ》　元豊後森藩江戸下屋敷の厩番。主君・久留島通嘉が城中で大名四家に嘲笑されたことを知り、藩を辞して四藩の大名行列を襲い、御鑓先を奪い取る（御鑓拝借事件）。この事件を機に、〝酔いどれ小籐次〟として江戸中の人気者となる。来島水軍流の達人にして、無類の酒好き。

赤目駿太郎　小籐次を襲った刺客・須藤平八郎の息子。須藤を斃した小籐次が養父となる。愛犬はクロスケ。

赤目りょう　小籐次の妻となった歌人。旗本水野監物家の奥女中を辞し、芽柳《めやなぎ》派を主宰する。須崎村の望外川荘に暮らす。

勝五郎　新兵衛長屋に暮らす、小籐次の隣人。読売屋の下請け版木職人。

新兵衛　久慈屋の家作である新兵衛長屋の差配だったが、呆けが進んでいる。

お麻　新兵衛の娘。父に代わって長屋の差配を勤める。夫の桂三郎は錺《かざり》職人。

お夕　お麻、桂三郎夫婦の一人娘。駿太郎とは姉弟のように育つ。

久慈屋昌右衛門　芝口橋北詰めに店を構える紙問屋の主。小籐次の強力な庇護者。

観右衛門　久慈屋の大番頭。

おやえ　久慈屋の一人娘。番頭だった浩介を婿にする。

秀次　南町奉行所の岡っ引き。難波橋の親分。小籐次の協力を得て事件を解決する。

空蔵《そらぞう》　読売屋の書き方兼なんでも屋。通称「ほら蔵」。

うづ　弟の角吉とともに、深川蛤町裏河岸で野菜を舟で商う。小籐次の得意先で曲《わげ》物《もの》師の万作の倅、太郎吉と所帯を持った。

美造《よしぞう》　竹藪蕎麦の亭主。小籐次の得意先。

梅五郎　浅草寺御用達の畳職備前屋の隠居。息子の神太郎が親方を継いでいる。

久留《くる》島通嘉《しまみちひろ》　豊後森藩八代目藩主。

池端恭之助　久留島通嘉の近習頭。

創玄一郎太　森藩江戸藩邸勤番徒士組。小籐次の門弟となる。

田淵代五郎　創玄一郎太の朋輩。同じく小籐次の門弟となる。

智永　望外川荘の隣にある弘福寺の住職・向田瑞願の息子。

青山忠裕《ただやす》　丹波篠山藩主、譜代大名で老中。小籐次と協力関係にある。

おしん　青山忠裕配下の密偵。中田新八とともに小籐次と協力し合う。

らくだ

新・酔いどれ小籐次㈥

第一章　らくだと掏摸《すり》

一

秋が深まり、湧水池の水面から岸辺を無数の秋茜《あきあかね》が飛んでいた。

船着場に不動の構えで立った駿太郎《しゅんたろう》は、木刀を手に蜻蛉《とんぼ》が飛んでくるのを待っていた。

クロスケも岸辺に座って、駿太郎を見ていた。

蜻蛉たちは微動もしない駿太郎に警戒を忘れたか、その周りに近寄り、飛び遊び始めた。

風にはまだ残暑があった。

川向こうの傾いた陽射しが駿太郎を浮かび上がらせた。

蜻蛉が駿太郎の顔を掠めて飛んで行く。

その瞬間、駿太郎が手にした木刀が疾風迅雷の速さで動き、蜻蛉の飛翔する数寸先を打った。すると蜻蛉が一匹力を突然吸い取られたように船着場の床板にゆっくりと落ちていった。

木刀が回され、次の獲物を狙った。

駿太郎の動きとともに一匹また一匹と落下していった。

木刀の動きが止まった。

駿太郎の周りに蜻蛉が十数匹落ちていた。

どの蜻蛉も羽一枚にかすり傷すらついていなかった。

駿太郎が、

「はっ」

と声を発すると、仮死していた蜻蛉たちが一匹一匹と船着場の床板から大空へと飛び戻って行った。だが、まだ何匹か、じいっとして動かない。

クロスケがわんわんと吠えた。すると最後の数匹が何事もなかったように飛び立っていった。

そのとき、隅田川から湧水池へ結ぶ流れに小籐次《ことうじ》の小舟が見えた。

「父上！」

駿太郎の叫び声が閏《うるう》八月の夕暮れに響き、小籐次が櫓《ろ》から片手を離して手を振って応えた。

小籐次は流れの途中から駿太郎の独り遊びを見ていた。

木刀を一日じゅう手放さない駿太郎の体が船着場の狭い床板を飛び回ると、駿太郎の周りを飛んでいた蜻蛉がぱらぱらと落ちていく。そして、気合いを発すると蜻蛉たちが意識を取り戻して何事もなかったかのように大空に戻って行った。

このところ独り稽古の折に駿太郎が見せる技だった。

（いつの間にかような技を覚えたか）

小籐次は実父須藤平八郎の血が駿太郎に確実に伝わっていると思った。そして、それが小籐次から来島《くるしま》水軍流を教え込まれることで大きな華を開かせようとしているとも考えた。須藤の剣とも来島水軍流とも異なる技を目指した結果か。

この独り遊びを小籐次は数日前から承知していた。だが、そのことについて駿太郎に話したことはない。

最初見たとき、駿太郎が飛び回る秋茜を無益に叩き殺しているのかと思った。だが、よくよく観察していると蜻蛉らを傷つけることなく仮死させていることが分った。

小籐次が想像もしなかった技だった。

とはいえ、駿太郎は未だ十一歳の子どもだった。

「どうであった、母上の芽柳派《めやなぎは》の俳諧の集いは無事に終わったか」

今日はおりょうが主宰する芽柳派の集まりがあった日だ。

「はい、皆さん庭や墨堤をそぞろ歩いて筆で和歌を認《したた》めておられました。そのあと、座敷にて一同が揃い、母上を含めてあれこれと講評が行なわれて楽しげな集いは一刻以上も前に終わりました」

駿太郎が言った。

おりょうが主宰する歌壇芽柳派は一時百人を超える門弟が入門していたことがあった。だが、門弟が増えることで諍《いさか》いが起こり、おりょうと最初からの高弟らが話し合い、一旦芽柳派を閉じて活動を停止した。その上で人数を三十余人ほどに絞り込んで再開した。

この荒療治が効いたか、ただ今の芽柳派は本来の歌作に専念する集いになっていた。

「今日も暑かったからこの界隈を散策されるのは大変であったろう」

「いえ、江戸より須崎村が断然涼しいと皆さん申しておられました」

と答えた駿太郎が、小舟に研ぎ道具が載っていないことに気付き、

「今日は新兵衛長屋で仕事をしましたか」

と小籐次に尋ねた。

「おお、新兵衛さんと並んで庭の日蔭で仕事をした。長屋より風が通る柿の木の下が断然涼しいでな」

小籐次が答えて小舟を舫った。

「新兵衛さんのご機嫌はどうでしたか」

「益々赤目小籐次になりきっておられる。時にわしが何者か分らなくなって戸惑うな」

小籐次の言葉に駿太郎が笑った。

「新兵衛さんが満足ならばよいではございませんか」

「もはや神様か仏様の域に達しておられるのだ。新兵衛さんには浮世の名などうでもよいのであろう」

小籐次と駿太郎は並んで船着場から不酔庵《ふすいあん》に抜ける林道に入った。するとひんやりとした冷気が二人の体を包んだ。

「暑さの盛りは過ぎたな」

　小籐次が呟き、

「お夕姉ちゃんが近々泊まりに来ます」

　駿太郎が応じた。姉のお夕に会うのが楽しみな口調が感じられた。

「一月が過ぎるのは早いものだな。夕は段々職人らしい受け答えになってきた」

　小籐次は前ほど新兵衛の家を訪ねることはない。修業中のお夕が自然に気持ちの切り替えを身につけるまで遠慮したのだ。

　父親の桂三郎は近頃錺《かざり》職人として注目され、名人と呼ばれるほどの腕前だ。その父親にお夕は女職人として弟子入りしたのだ。

　父親であり師匠の桂三郎も、娘であり弟子のお夕も、互いに難しい立場だ。

　最初の壁はなんとか乗り越えたが、小籐次は前のように気楽に新兵衛の家を訪ねることを避けていた。

　不酔庵を抜けると望外川荘《ぼうがいせんそう》の屋根が空に聳えてみえた。屋根の四隅から茅がきれいに大棟に葺かれており、いつみても見事だった。

　縁側ではすでに蚊遣りが焚かれていた。

「お疲れさまでした」

おりょうが小籐次を迎えた。

「芽柳派の集いはなんの支障もなしか」

「あるといえばある、ないといえばなにもございません。ともあれ、湯殿で汗を流しておいでなされ」

とおりょうに命じられた小籐次は、

「駿太郎、いっしょに入るぞ」

と言うと、

「父上がお先にお入り下さい」

と駿太郎が珍しく断わった。

「そうか、ならば先に湯をもらおう」

小籐次は湯殿に向った。

かかり湯を使い、小籐次は湯殿に入って手足を伸ばした。

「極楽極楽」

独り言を呟く小籐次に着替えを持ってきたおりょうが湯殿を覗き、

「駿太郎がおまえ様といっしょに湯に入らなかったわけをご存じですか」

と尋ねた。

「なに、なんぞ曰《いわ》くがあるのか」

「ございます」

と答えたおりょうが笑った。

小籐次は稽古で打ち身でも負ったかと思った。だが、それにしては秋茜を相手の木刀遣いになんの差しさわりがあるとは思えなかった。

「おまえ様も駿太郎の歳の折、覚えがございましょう」

「なに、わしが駿太郎の歳の頃の話じゃと」

湯の中でしばし考えた小籐次が、

「おお、そうか、下に毛が生えてきおったか」

はい、と答えたおりょうが小籐次に説明した。

今朝方、おりょうが弘福寺を訪ねた。

寺の道場で稽古をする駿太郎、創玄《そうげん》一郎太、田淵代五郎《よごろう》、それに寺の倅の向田智永の四人に井戸で冷やした西瓜《すいか》を差し入れに行ったのだ。

すると寺道場から稽古の音がせず智永の声が聞こえてきた。四人は本堂の回廊で休息をとっている気配だ。

「駿太郎さん、大人になった証《あかし》だ。案ずることはない」

「真《まこと》ですか」

駿太郎の言葉には不安が漂っていた。

「子どもの内はおちんちんには毛が生えておらぬのです、大人になるために毛が生えるのですよ、だれもが経験することです」

「真ですね」

「嘘ではない」

と答えた智永が、

「おれはおちんちんに毛が生えてもいない駿太郎さんにこてんぱんに殴られたり叩かれたりして、本堂の床を舐めて回っておるのか」

智永の言葉には、改めて駿太郎が子どもだったこと、その子どもに全く剣術の稽古では歯が立たないことの口惜しさがいささか込められてあった。と同時に昔の智永の明るさが戻ってきたようだと、おりょうは思えた。

「そうか、ならばおかしくはないのですね」

駿太郎がどことなく安堵の声で念を押し、一郎太が、

「駿太郎さん、お目出とうございます」

と祝いの言葉を述べた。

「それにしてもちくちくして痛いです」

駿太郎の言葉に一郎太ら三人が子どものころを思い出したか、声を上げて笑った。

おりょうは、一旦庫裡《くり》のほうへと引き返し、改めて、

「駿太郎、どこにおりますか」

と声を掛けながら本堂の前へと姿を見せた。

「……そうか、駿太郎は子どもではのうなったか」

「私どもの手からどんどんと遠ざかっていくようで寂しゅうございます」

「子どもがいつまでも成長しないのも困りものであろう。寺の倅の智永は、真面目に稽古をやっておる様子か」

「これまで駿太郎や一郎太さん、代五郎さんのような友達はいなかったようで、結構楽しんで稽古をしているようです。なにより瑞願和尚が喜んでおいでです」

とおりょうは言った。

「それはよかった」

おりょうが湯殿から姿を消した。

小籐次は湯の中で駿太郎と同じ年ごろを思い出そうとした。

森藩下屋敷で物心ついたときから、周りは大人ばかりの暮らしをしていた。大半は竹細工などの内職仕事に時を費やし、厩《うまや》の馬が遊び相手だった。

(毛が生えたことを覚えておらぬな)

遠い昔すぎて小籐次の記憶は全くなかった。

(須藤平八郎どの、そなたの倅はちゃんと育っておるようだ)

と胸の中で須藤に報告した。

台所の板の間に蚊遣りが焚かれ、膳がすでに用意してあった。

この日の夕餉《ゆうげ》は、百助《ももすけ》もお梅も一緒に食べるようだ。

「本日、門弟のお方から鰯と烏賊《いか》を頂戴しました。鰯は焼き物に、烏賊は和え物に致しました」

おりょうが小籐次に説明した。

小籐次は門弟の一人に魚河岸の隠居干右衛門《かんえもん》がいることを承知していた。大方、その江之浦屋《えのうらや》の隠居から頂戴したものだろうと推量し、

「鰯も烏賊もわしの好物だ、なんとも美味《うま》そうじゃな」

と小籐次はお膳の菜に目をやった。

「まずは一献《いっこん》」

おりょうの酌で小籐次は、猪口《ちょこ》に酒を受け、百助にもおりょうが酒を注いだ。

「この菜で酒なしはなかろう。おりょうも一献どうだ」

小籐次が銚子《ちょうし》を受け取り、おりょうの猪口に酒を注いだ。

「頂戴しよう」

小籐次の言葉で大人三人が猪口の酒を口に含んだ。

いつもはこの言葉を潮に駿太郎とお梅が箸を手にするのだが、本日は二人して黙っておりょうを見ている。

「なんぞあるのか」

小籐次がおりょうに尋ねた。

「いえ、本日の集いで両国広小路の見世物が話題に上りました」

「見世物じゃと」

「なんでもらくだなる珍しい生き物が紅毛《こうもう》の国から二頭やってきたそうで、大評判とのことでした」

「おお、わしも研ぎ仕事の合間に耳に入ってきた。なんでも体が大きいそうじゃな」

「父上、背丈が九尺もあって背中にこぶがあるそうです」

駿太郎がお膳から身を乗り出して言った。

「なに、駿太郎はらくだなる生き物を見たいのか」

「はい」

と答えた駿太郎の声が最前より小さかった。

「いけませぬか、見世物に行っては」

「らくだのう」

と呟いた小籐次は胸の中で、駿太郎が未だ十一歳であることを改めて感じていた。

「よかろう」

小籐次の返答に駿太郎がにっこりと笑った。すると、

「おまえ様、私もらくだなる生き物を見てみとうございます」

「おや、おりょうもらくだ見物を所望か」

小籐次がおりょうを見た。

「お梅も見たいはずです」

とおりょうが付け加え、駿太郎が、

「お夕姉ちゃんはだめでしょうか」

と小籐次に尋ねた。

「そなたらが見たいのだ、夕とて見たかろう。だがな、こちらばかりはわしは返事が出来ぬぞ。桂三郎さんとお麻さんに聞かねばな。もし師匠の桂三郎さんがよい、と申されれば、夕も誘おうか」

と小籐次が返事をした。

ようやく安心したか、駿太郎とお梅が箸をとってお膳に向った。

「今年の秋は長雨大風で江戸の景気もいま一つだ。らくだがどのような生き物か知らぬが、人が集まり景気がつけばそれはそれで万々歳じゃ」

小籐次が漏らすところへ、おりょうが銚子を差し出した。小籐次はそれを受けながら、

「駿太郎、寺の倅どのはどうだ、よくやっておるか」

と話柄《わへい》を振った。

「智永さん、私たちといっしょに体を動かすのが楽しいようです。それに本堂で朝晩和尚さんと勤行《ごんぎょう》をしておられます。稽古の終わりには私たち三人もいっしょ

にお参りします」

「ご本尊もない仏壇に向って読経か」

「いえ、それがいつの間にか布袋尊《ほていそん》様がお戻りになって、駿太郎らの稽古を見ておられます」

おりょうが答えた。

「なに、和尚、ご本尊は売り払っていなかったか」

「そのようです」

おりょうが微笑んだ。

どうやら向田瑞願と智永に再生の機会が訪れたようだと思った。

「となれば、寺道場も終わりかのう」

「いえ、和尚様は剣術の稽古の声が聞こえているほうが賑やかでよい、と申されておられます。私が思いますに智永さんが駿太郎らと付き合うことで、真面目な暮らしに戻られるのではと考えておられるのでしょう」

「博奕《ばくち》に魅入られたものはなかなか抜け出せぬというでな。そこを凌ぎきってくれればよいのだがな」

と小籐次はそのことを案じた。

「父上、大丈夫です。私たちが見ております」
駿太郎が言い切った。
五人それぞれの想いを胸に秘めた夕餉が続いた。

二

翌日、小籐次はいつものように小舟に独り乗り込み、大川を下った。向った先は芝口新町の新兵衛長屋だ。

両国橋を潜るとき、両国広小路を見廻したが格別に人混みもなかった。橋の上をいつものように仕事に向う職人衆や大八車が往来していた。

刻限が早いので、らくだはまだ広小路に連れてこられていないのであろう。それにしても遠い異国から江戸へと連れて来られて、らくだなる生き物はどう思っておるのか、小籐次はらくだの運命にいささか不憫《ふびん》を感じた。

そんなことを漠然と考えながら、大川河口から江戸の内海を岸沿いに築地川に入り、新兵衛長屋の堀留に入った。すると新兵衛の声が長屋から響いてきた。

「やあやあ、そこな下郎、この赤目小籐次をなんと思うておる。それがしは『御《お》鑓《やり》拝借』の功名にて満天下に名を轟かせた酔いどれ小籐次なるぞ」

妙に甲高く、間延びした声ながらしっかりとした声音だった。

「この分ならば、新兵衛さん、当分あの世から迎えは来そうにないな」

小籐次が裏庭を見ると、新兵衛が着流しの腰帯に小籐次が手造りした木製の刀を差し、勝五郎を睨《にら》み据えていた。

「やめてくんな、おりゃ、長屋の勝五郎だよ。新兵衛さんの、もとえ赤目小籐次様の敵なんかじゃねえよ、でえいち、厠《かわや》に行こうとしたところでよ、下郎呼ばわりはねえよ」

勝五郎もいささか慌てて手を振り回していた。

「いや、さような逃げ口上はこの赤目小籐次にはきかぬぞ、尋常に勝負いたせ。さあ、刀を持て、勝負しょうーぶ」

木戸口から桂三郎とお麻にお夕が長屋の庭に走り込んできた。そこへ小籐次が小舟を石垣下に着けた。

「おお、本物の赤目小籐次の登場だ。酔いどれ様よ、なんとかしてくれねえか。朝っぱらから下郎呼ばわりされてよ、おめえさんが木切れで刀なんぞをこさえるものだから、いよいよ赤目小籐次病が高じたよ」

勝五郎が文句をいい、

「お父つぁん、しっかりして、版木職人の勝五郎さんなの。長いこと知り合いでしょう」

お麻が必死で新兵衛を宥《なだ》めた。

小籐次は小舟から裏庭に飛び上がり、新兵衛に、

「おお、これは赤目小籐次様ではございませぬか。天下の赤目様に非礼を働いた下郎はこの者ですか。うむ、よく見れば物も知らぬ下郎風情の面付き、天下の赤目様がお相手になさる輩《やから》ではございませんぞ、赤目小籐次様の名に差し障りますでな」

小籐次が新兵衛に話しかけると、しばし小籐次の顔を見ていた新兵衛が、

「いかにもさようであったな。下郎風情相手に激高したは、赤目小籐次いささか不覚であった。行け、下郎。こたびは許す」

新兵衛が胸を張って手を掛けていた刀の柄《つか》から手を離した。勝五郎が言うように孫の手の刀よりよかろうと、研ぎの合間に小籐次が手造りしたものだ。

「赤目様、本日はそれがしに研ぎ仕事を教えてくださる約束、研ぎ場を拵《こしら》えますで暫時《ざんじ》お待ち下され」

と願うと、

「おう、ならば屋敷にて待つ」

と新兵衛が木戸口に足を向けた。その新兵衛にはお夕が従っていた。

ふうっ
と勝五郎が大きな吐息をついた。

「勝五郎さん、ご免なさいね」

お麻が詫びた。

「お蔭で出るものも出なくなったよ」

お麻に言った勝五郎が、

「酔いどれ様、おめえさんがいけないんだよ。孫の手を刀にしておけばよいものを木切れで鍔《つば》までつけてよ、刀なんぞをこさえて新兵衛さんに渡すからよ、いよいよ赤目小籐次になりきっちまったよ」

とよほど腹に据えかねたか、同じ言葉を繰り返して文句を言った。

「不味《まず》かったかのう」

「それになんだい、新兵衛さんといっしょになって下郎風情だのなんだの、好き放題にこきおろしたな」

「すまぬ、行きがかりだ」

小籐次は勝五郎に謝り、

「ともかく研ぎ場を庭に設《しつら》えて本日はわしが新兵衛さんの面倒を見よう」

いつものように柿の木の下に筵《むしろ》を敷き、研ぎ場を二つ並べることにした。それを桂三郎が手伝ってくれた。

厠に行くのを諦めた勝五郎は、自分の長屋に戻りかけ、

「なんぞ新兵衛さんの目先が変わる話はないか。新兵衛さんの赤目小籐次病は剣《けん》呑《のん》でいけねえや」

と小籐次を振り向いた。

「そうじゃな、なんぞ考えがあればよいがのう」

と小籐次も首を捻った。

柿の木の下に研ぎ場が出来た。

小籐次の研ぎ場はほんものの砥石が並んでいた。新兵衛の分は三寸角の柱が砥石に見立ててあった。

「赤目様、ほんとうに舅《しゅうと》の面倒を見てもらってようございますか」

桂三郎が気にかけた。

「致し方あるまい。なにしろ赤目小籐次が赤目小籐次の面倒を見るのは道理であろう」

小籐次は昨日研ぎ残していた京屋喜平の道具を小舟から運んできて、洗い桶に水を張り、仕度を終えた。

「おい、おれも外で仕事しよう」

なんと思ったか、勝五郎も版木の板と道具を抱えて、研ぎ場の傍らに来た。

「そなたがおると新兵衛さんがまた下郎扱いせぬか」

「冗談じゃねえや、もう忘れていよう。まあ、万が一を考え、酔いどれ様を挟んで座る」

と言いながら、手際よく自分の仕事場を設けた。

「本日は研ぎ屋二人に版木職人の三人が並んで仕事か。それにしてもここんとこ、ほら蔵め、異国の生き物話ばかりを彫らせやがるぜ」

とぼやき、小籐次が、

「騒ぎで忘れておった」

と言い出した。

「なんだ、忘れておったとは」

「両国でらくだなる見世物が大勢の人を集めているそうだな」

「なんだ、今頃。両国界隈は大騒ぎだよ、それがどうした」

「いやな、駿太郎がらくだを見たいと言い出し、おりょうとお梅もいっしょに見物に行く話が望外川荘で出ておるのだ」

「須崎村は呑気でいいやな」

勝五郎が嫌みを言った。

そこへ桂三郎とお麻が新兵衛を連れてきた。

「桂三郎さん、お麻さん、物は相談だが、夕をらくだ見物に加えてはならぬか。駿太郎がお夕姉ちゃんも行きたいはずというておるのだ」

桂三郎がお麻を振り返った。

「この次、夕がうちに来た折、次の日の帰りに両国に立ち寄ってらくだ見物してこちらに連れ戻ることはできぬか。となると昼からの仕事となる。やはり仕事が遅れることは無理かのう」

娘とはいえ弟子入りしたばかりのお夕を連れ出すのは難しい注文だったかな、と小籐次は思った。

「おまえさん、お夕にもそれくらいの息抜きはあったほうが」

お麻の言葉に頷いた桂三郎が、

「いや、私もらくだなる珍奇な生き物を見たかったのです。いえね、私どもの仕事は新規な工夫が要ります、異国から来た生き物を煙草《たばこ》入れや櫛《くし》に彫り込むのは問屋の番頭さんも喜ぶのではないかと考えていたところです」

桂三郎のらくだ見物は仕事がらみという。ということはお夕がらくだを仔細に見るのも修業の一つということになる。

「ならば桂三郎さん、夕を一晩泊めた次の日、両国広小路で会わないか」

「おい、ほら蔵によると四つ（午前十時）時分にはもう大勢の人が集まるというぜ。五つ（午前八時）か五つ半（午前九時）まではいかねえと人混みに紛れて会えないかもしれないぜ」

と勝五郎が言った。

「善は急げ、明日にもらくだ見物を入れましょうか。ということはお夕を本日、泊めていただくことになりますが差しさわりはございませんか、赤目様」

「ない」

桂三郎に答えた小籐次が、

「明朝の五つ半に両国橋の西詰めの橋下に小舟をつけよう」

と応じた。

「私もその刻限に両国に行っております」

と桂三郎が答え、あっという間に話が決まった。


新兵衛長屋の庭先で三人はせっせと仕事をした。

小籐次は時折新兵衛に教えを乞うように、

「赤目様、研ぎ仕事はなかなかの根気仕事にございますな」

などと話しかけると、

「いかにも大事な点に気付いたな。刃物を研ぐのは己の気持ちをほぐし研ぐようにな、丁寧に扱うのがなにより大事なのだ」

新兵衛はどこで小籐次の言いそうな言葉を聞き覚えていたか、まるで本物の赤目小籐次以上の忠言をした。

「肝に銘じます」

「それに比べ、下賤な者が好んで買い求める読売などを彫る仕事は気楽でよいな、版木に魂などこもらぬでな」

新兵衛が勝五郎の仕事をちらりと見た。

「ちえっ、好き放題言いやがるぜ」

木戸口に人影が立った。

読売屋の空蔵《そらぞう》だ。

「おや、今日は二人小籐次と並んで仕事か」

空蔵がどぶ板を踏みながら庭先に来た。

「昨日の仕事はほぼ終わったぜ」

勝五郎が傍らの版木を指した。

「ならば新しい仕事を持ってきた」

「またらくだか」

「嫌なら他に回しましょ」

「ちえっ、だれがそんなこと言ったよ。それほどらくだが面白いかね」

「まあ、一回見てごらんなさい、珍妙な生き物だよ」

「酔いどれ様ご一行も明日らくだ見物に行くとよ」

勝五郎が空蔵に最前決まったばかりの話を告げた。

「なに、酔いどれ様がおりょう様とらくだ見物ね」

空蔵が腕組みして沈思した。

「空蔵さんや、わしはそなたの餌食になるためにらくだ見物に行くのではない。皆が見たいというで、付き添うだけだ」

「酔いどれ様はらくだは嫌いか」

「嫌いも好きも見たことがない」

「酔いどれ様は厩番だったな」

「それがどうした」

「らくだって生き物はよ、馬並みといいたいが一回りも二回りも体が大きくてよ、顔は羊のように可愛くてな、背中にこぶがあるんだよ」

空蔵は何度も見たようでそう描写したが、小籐次にはその姿かたちが思い浮かばなかった。

「新兵衛長屋と望外川荘がらくだ見物な、どうした風の吹き回しだ」

勝五郎がらくだ見物の経緯《いきさつ》を空蔵に告げた。

「ふーん、桂三郎さんは錺職の参考に見物か。酔いどれ様は、おりょう様の付き添いと」

「だから、何度も言わせるな、わしは読売のネタのために生きておるのではない」

「そうだ、赤目小籐次様よ、旧藩の剣術指南になったそうだな」

空蔵が話柄を転じて小籐次に聞いた。

「だれからさようなことを聞いた」

小籐次が不機嫌な顔で応じたとき、新兵衛が、

「これ、ほら蔵、赤目小籐次はここにおるわ。だれと話しておるな、大いなる勘違いをしておらぬか」

包丁に見立てた木端切れを空蔵に突きつけた。

「新兵衛さんよ、話を紛らわしくしてくれるな。そうでなくともあれこれと酔いどれ様がいちゃもんを付けておるところだ」

空蔵が新兵衛に注文をつけ返した。

「おのれ、読売屋の分際で天下無双の赤目小籐次に罵詈雑言《ばりぞうごん》を吐きおったな、斬り捨ててくれん」

と傍らに置いた小籐次が拵えた木刀を構えた。

「まあまあ、赤目様、武士が町人のいうことなど一々気にしていては体面に関わります。ここは研ぎに専念してくだされ」

小籐次が宥めると、新兵衛が木刀を引いて研ぎ仕事の真似事に戻った。

「ああ、ややこしいや。おまえさんのことなら早耳の空蔵が聞きのがすものか。どうだい、旧藩の連中を指導する気持ちはよ」

「厩番が藩の上士を教えるのじゃぞ、こちらの言葉を素直に聞き入れてくれるものか」

「といって、赤目、ああ、この名はやっけえだ。厩番の剣術指南が上士を叩きのめすわけにもいくめえな」

「さようなことができるか。されど若い藩士方は素直にわしの言葉に耳を傾けてくれる。なにより十一の駿太郎が倍以上の歳の藩士方と対等といいたいが、あやつがあっさりと負かすのを見ておるからな、直ぐに来島水軍流を認めてくれた」

「なんたって赤目小籐次の倅だもんな、並みの十一じゃねえや」

「駿太郎の剣術は、実父須藤平八郎どのの血筋と体付きのお蔭だ、わしが教えたことなど大したことはないわ。なによりのびやかでよい」

小籐次は倅ながら血のつながりのない駿太郎を褒めた。

「そうか、おめえさんより駿太郎さんが森藩にとって手ごろな剣術指南か」

「手ごろな剣術指南などどこにもおらぬわ、ともかく若い藩士連中が張り切っておることだけは事実だ」

空蔵が不意に黙り込んだ。そして、小声で、

「赤目小籐次、豊後森藩江戸藩邸の剣術指南に就任か。まあ、ネタ枯れの折に一本書けそうだな」

と自らを得心させた。

「待て、だれが旧藩の話を書いてよいというた」

「だって酔いどれ様が剣術指南ってのは真の話なんだろ。世間も知っていることだしいいじゃねえか。事実なんだからよ」

「森藩江戸藩邸の許しを得てこよ。さすれば考えんでもない」

「禄高一万二千五百石ね、この程度の小名が気位だけ高くてよ、内証は苦しいときている。一番扱いが難しいんだよ」

空蔵が困った顔をした。

小籐次はまず空蔵が森藩の敷地にすら入ることはできまいと、ちょっとだけ安心した。なにを考えたか、

「よし」

と己に言い聞かせた体の空蔵が、

「勝五郎さんや、版木を風呂敷に包んでくんな。まずはらくだネタで食いつなぐ

からな」

と命じると、勝五郎は仕事を終えた版木を抱えて長屋に戻った。

空蔵が小籐次を見た。

「なんだ、まだなにか言いたきことがあるか」

「あれだけの人が毎日両国広小路に押しかけるのだ。そろそろ一つ二つ騒ぎが起こっていいころだと思ったまでよ」

空蔵が小籐次の前から立ち上がった。

「そなたの都合のよいようには世間は動かぬ」

「そうかね」

と軽く応じた空蔵が新兵衛に、

「赤目様、あまり無理をなさるといけませんぜ」

と言った。

「ほら蔵に言われるようでは赤目小籐次、落ち目かのう」

新兵衛が真顔で嘆いた。

「新兵衛長屋に酔いどれ二人、どちらがだれだか、分らない、ときたもんだ、エンヤラヤー」

と空蔵がいい加減な文句と節で歌いながら小籐次と新兵衛の前から去り、どぶ板の上で勝五郎から版木の包みを受け取った。

小籐次と新兵衛が顔を見合わせた。

「女子《おなご》と小人《しょうじん》は養い難し、じゃのう」

と新兵衛に言われた小籐次は、

「全くもってその通りにございます、赤目様」

と答えると、

「赤目小籐次、そろそろ刀を捨てる時節が来たかもしれぬ」

と新兵衛小籐次がぽつんと言った。

「隠居なされますか」

「いや、人は死ぬまで働くのが幸せよ」

「全くでございますな」

小籐次は新兵衛と話していると、なぜか口調から気持ちまで穏やかになっていることを、不思議じゃなと考えていた。

三

お夕が一夜泊まった望外川荘では朝餉のあと、小籐次が駿太郎、創玄一郎太、田淵代五郎の三人相手に稽古をつけた。

両国西広小路のらくだの見物の刻限に合わせるためだ。ためにいつもの仕事で出かける刻限より一刻ほど遅かった。

一郎太と代五郎は、江戸藩邸から須崎村に通って来る道筋でもあり、遠くからだが何度もらくだを見たという。

「とぼけた顔をしておりましてな、大根や蕪なんぞをばりばりと喰う様は、人を見下しておるように見えます」

と代五郎が言い、

「いや、あの生き物、われらの時の流れといささか感じが違うのかもしれませんぞ、こせこせとはしておりませぬ。なんとなく霊験あらたかな顔立ちです」

と一郎太が別の感想を述べた。

そう聞いても小籐次もおりょうらも未だらくだなる生き物が想像できないでい

た。

ともかくおりょうと駿太郎らが戻るまで、一郎太と代五郎が百助といっしょに留守をしてくれることになった。

小舟に小籐次、おりょう、お夕、お梅が乗り、駿太郎が櫓を握って喫水線ぎりぎりで船着場を離れようとした。すると一郎太らと見送りに来たクロスケが、
ぴょん
と小舟の舳先《へさき》に飛び乗った。

「クロスケ、おまえは留守番だぞ」

引き綱を手にした一郎太が呼んでも知らん顔で下りる気配がない。どうやらクロスケは、いつもと違う様子に自分も同行する気になったようだ。

「父上、連れていってはなりませぬか」

駿太郎が小籐次に許しを乞うた。

「クロスケめ、なんぞ考えがあってのことかのう。らくだ見物のあと、両国橋から須崎村に歩いて戻ってくるのじゃぞ」

小籐次の言葉にクロスケが、わん、と吠えて答えた。一郎太が小舟に引き綱を投げ入れた。そんなわけで犬まで同乗しての大川下りになった。

「駿太郎、喫水線ぎりぎりゆえ舟の往来が少ないこの辺りで斜めにゆっくりとな、向こう岸に渡っておこうか」

小籐次の言葉に駿太郎は、五人と犬一匹が乗った小舟を隅田川の流れに乗せて東岸から西岸へとゆっくりと下っていく。

舳先に座るクロスケの頭の上を秋茜が飛んでいた。

本式な秋の到来で隅田川の両岸は柿の実が色づき、紅葉が始まっていた。

「おまえ様、気持ちのよい時節になりました」

「いかにもこの時節は水上から見る景色が春とは違い、また格別だな」

おりょうと小籐次は両岸の風物を愛でながら水上行を楽しんでいた。

クロスケがなにを嗅ぎつけたか、わんわんと吠えた。

吾妻橋から御厩《おうまや》ノ渡し場に差し掛かった頃合いだ。

「父上、クロスケはらくだがいることを察しているのでしょうか」

下流の両国橋の界隈から人の熱気のようなものが押し寄せてくるのが一同には分った。

「お夕姉ちゃん、桂三郎さんが橋の上から手を振っておられるぞ」

櫓を握る駿太郎がお夕に教えた。

「ああ、お父つぁんだ」

お夕が手を振り返し、桂三郎が大勢の人びとが往来する橋から橋番所のある西岸へと移動していくのが見えた。

両国広小路付近の川岸にはすでにびっしりと舟が泊まって見えた。

「駿太郎、神田川の柳橋へと入れよ。そちらのほうが舫う場所が見つかろう」

小籐次の指図で駿太郎は神田川へと小舟を入れた。

岸辺から小舟の動きを見ていた桂三郎も小籐次らの意図を察したようで、大きな動作で神田川へ行くと手振りで伝えてきた。

小舟はなんとか柳橋の下で舫う場所を見つけた。そこへ桂三郎が姿を見せた。

「赤目様、凄い人混みですよ」

ふだんは物静かな桂三郎の声がいささか興奮気味だ。

「お父つぁん、もうらくだを見たの」

娘に戻ったお夕が聞いた。

「いや、すごい行列でな、皆といっしょに見物しようと未だ見ていない」

「行列ですか」

駿太郎が驚きの声を上げ、

「これではクロスケを連れていくのは無理かな」

と飼い犬のことを案じた。

「折角ここまで連れてきたのだ。首輪に引き綱をつけてくれぬか、わしがクロスケを連れていこう。他人様に迷惑をかけるようであれば、わしとクロスケは遠くから眺めて済ます」

小籐次は駿太郎に命じて引き綱をクロスケに付けた。

「よいか、掏摸《すり》には気をつけよ。また迷子になったら、この小舟が集まり場所じゃぞ」

小籐次が女たちに呼びかけ、柳橋の河岸道に上がった。

なんともすごい熱気が両国西広小路の見世物の一角から、いきなり一同に押し寄せてきた。

互いに手を取り合いながら行列の最後尾についた。クロスケは初めてこれだけの人混みに交じり、怯《おび》えたように静かにしていた。

途中に見物料を払う「関所」が設けられていた。一人三十二文の声が響き、看板にも大書してあった。

「一人三十二文か、クロスケはいくらであろうか」

小籐次はクロスケの見物は無理かな、そのときはそのときだと思った。

「おいおい、爺さんよ、犬は無理だよ。らくだが驚くじゃねえか」

見物料を受け取る若い衆が小籐次にいきなり注文をつけた。

断わられたら引き下がろうとしていた小籐次は若い衆が呼んだ「爺さん」という言葉にかちんと来た。いくら爺でも大勢の前で呼ばれたくはない。

「クロスケは大人しいぞ。料金を払ってもよい」

「ダメなものはダメだ、爺さん」

若い衆も頑固だった。

「爺よばわりを重ねてすることもあるまい」

「爺を爺と呼んでなにが悪い」

若い衆が居直った。

「若い衆、待ちな待ちな。おめえさん、このお方を誰と承知で爺さん呼ばわりしているのかえ」

列の後ろからいなせな形《なり》の男が口争いの仲裁を買って出た。大工の棟梁か、魚河岸の若旦那か、そんな形だった。

「爺は爺だろうが」

「江戸で名高い酔いどれ小籐次様というて分るかえ、若い衆」

「ちょ、ちょっと待った。『御鑓拝借』、『一首千両《ひとくび》』の赤目小籐次か、いや、あの赤目様か」

「そうだよ」

「わあああ！」

若い衆が狼狽した。

小籐次は急に恥ずかしくなった。

「いや、大勢が集まる場所に飼い犬などを連れてきたわしが悪かった。許してくれ」

と願った小籐次はおりょうに目で合図してクロスケを連れ、行列から離れようとした。

「あ、赤目様、おれも言い過ぎた。おめえ様がその犬の引き綱をしっかりと持って離さない、らくだに近付けないと約束するならば入っていいぜ」

と若い衆が最前の言葉を撤回した。

「よいのか」

「念には及ばない。らくだは慣れたもんだ、この辺の犬が寄ってきても知らんぷりだ」

と言った。そこで小籐次はクロスケの分を含めて、

「釣りは犬の見物代だ」

と一朱を支払い、声を掛けてくれた男に、

「助かった」

と礼を述べた。

「酔いどれ様よ、江戸の者はそなた様にどれだけ助けられているか。犬がらくだと対面したところでなんてことはございませんよ」

と男が笑った。

男の傍らには粋筋の女が寄り添っていた。

いったん止まっていた、長い行列が少しずつらくだのいる方向に進んでいく。

するとらくだの世話人の口上が聞こえてきた。

「とざい東西、上方は大坂で大評判になったらくだは、波濤万里《はとうばんり》紅毛の帆船に乗せられて遠くハルシア国から連れてこられたものだよ。異国ではらくだのことをカメエルと呼び慣わし、当年とって牡《おす》が八歳、牝《めす》が七歳だ。

体の高さはなんと九尺、頭から尻尾まで長さ二間はたっぷりあるよ。長い脚に

は人と違い、三つの節があって、人が乗り降りする折は前脚を器用に曲げて鞍の上に乗せてくれるぞ！」

小籐次一行のところまでらくだの臭いが漂ってきた。

クロスケが興奮したが小籐次がしっかりと引き綱を持っていた。

「嗚呼《ああ》、見えましたよ」

桂三郎も声を上げた。

クロスケは初めての生き物の臭いを嗅ぐのに必死だ。だが、吠え声を上げることはなかった。

柵の中で二頭のらくだが大根や青柿をむしゃむしゃと食い、見物の人間を一瞥《いちべつ》もする様子はない。

こぶが一つある背中には派手な唐人の衣裳を着た男たちが乗り、三角の鉦《かね》や太鼓を叩いていたが、人の声と熱気で調べなど耳に届かなかった。むろん唐人ではない、和人だ。らくだ見物の演出、道具立てであろう。

見物客の中にはらくだに向って合掌したり、柏手を打ったりして拝む者もいた。

遠い異国から紅毛船に乗せられて和国まで連れてこられたらくだは神仏に等しく、霊験あらたかだと信じる人もいた。

　一方、小籐次やおりょうたちは啞然《あぜん》としているうちに、

「前に進んで前に進んで」

と声に催促されるように押されて、いつの間にか大きな生き物の前を通り過ぎていた。

「おまえ様、なんだかあっけない見物ですね」

長時間行列で待たされたわりには、一瞬にしてらくだの前を通り過ぎたことを悔やんだ。

「おりょう様、何度も行列に並び直す見物人もいるそうです」

　桂三郎が言った。

「また行列はご免じゃのう」

　小籐次らは両国広小路の一角で見物の人びとが散っていくのを見ていた。そこへ声がかかった。

「須崎村から犬連れでらくだ見物かえ」

　読売屋の空蔵だ。その手には木版墨刷りのらくだの絵があった。

「そんな墨刷りが売り出されておりますか」

　桂三郎が関心を示した。

「桂三郎さん、らくだを三十二文で見せるだけではないよ、らくだの絵を描いた品なんぞをあれこれと売って儲けを出すんだよ。ほれ、こっちにきな」

空蔵は行列が並ぶらくだの囲いを挟んで向い側に連れていった。するとそこには絵師の保鳥斎堤伊の描いたらくだ図や、彩色されたらくだ図などが売っていた。

桂三郎もおりょうも墨刷りや色刷りを何枚か買い求めた。

「酔いどれの旦那、こっちにおいでよ」

空蔵は何度もきて興行師と顔見知りか、らくだが入れられた場所の裏側へと連れていった。

するとそこでは絵師らしき風体の人物が筆を走らせ、らくだの様子を描いていた。

「円山応震《まるやまおうしん》先生よ、らくだと同じくらいに江戸で名高い酔いどれ小籐次様だぜ」

と空蔵が絵師に口を利いた。

筆を走らせていた絵師が、

「うむ、このお方が世情に名高き『御鑓拝借』の赤目小籐次様か。それがし、円山応震と申す」

と小籐次に挨拶した。

応震は円山応挙の孫として生まれ、自らも画業の道を進んでいた。小籐次と出会ったとき、三十五歳だ。

「赤目小籐次にござる」

小籐次は、名乗って絵師に頭を下げた。

そのとき、大行列のほうに顔を向けて大根を一心不乱に食べていたらくだの一頭がのそのそと歩いて、小籐次とクロスケがいるところに歩み寄り、長い脚を折って前屈し、首を伸ばして小籐次の前に顔を突き出した。

「おお、そなた、わしが元厩番であったことがわかるか。わしの体には生き物の臭いが染みついておるのかのう」

小籐次が耳の垂れた顔の顎《あご》の下を撫でると、らくだは気持ちよさそうに小籐次に撫でられるままになっていた。

クロスケがその様子を見上げていた。

「驚いたな、こいつらが初めての人間に触らせたぜ。この爺様はだれだえ、空蔵さんよ」

声がして中年の男が姿を見せた。

「酔いどれ様よ、このらくだの見世物の江戸の興行元、藤岡屋の旦那だ」

空蔵がまた口利きをした。

「赤目小籐次でござる。生き物は、生き物を扱っていたわしのことが分るのかのう、すり寄ってきよったわ。こうやってみるとなかなか可愛い生き物じゃな、らくだも」

「なんと赤目小籐次様のご入来で」

藤岡屋由蔵《よしぞう》が感激の体で小籐次を見た。

小籐次とすり寄ってきたらくだの光景を円山応震がせっせと描いていた。

「ああ、父上がらくだを撫でておられるぞ」

駿太郎の声がして、おりょうたちが呆れ顔で見た。

「おまえ様、らくだに気に入られましたか」

「わしの体には馬の臭いが染みついているのであろう」

小籐次がそう答えながら空蔵を見ると、興行元の旦那とひそひそと何事か話し合っていた。

「空蔵さんや、らくだの話を読売にするのはよいが、わしの名はなしじゃぞ」

「はいはい、心得ていますって」

空蔵が実のない声音で答えた。

ともあれ、空蔵のお蔭でたっぷりと近くからららくだ見物をしたことは確かだ。クロスケもえらく満足した様子で神田川に泊めた小舟まで戻って来た。

「どうだ、らくだは」

「あいつら、なにもせずによく食べますね、父上に顎の下を撫でられていないときは食べていましたよ」

日に五度めしを食う駿太郎がいささか羨ましそうに感想を述べた。

「駿太郎さんの感想はそれだけなの」

「お夕姉ちゃんはなにかあるのか」

「絵師さんやお父つぁんが見たいという気持ちが分ったわ。異国にはいろんな生き物がいるのね。でも、見世物だけのために連れてこられるのは可哀想な気がする。草の生えた広っぱに放してやりたい」

お夕が言い、お梅は、

「三十二文の見物料は高い」

と文句を言った。

だが、それぞれがなんとなくらくだを見て、興奮上気しているのも確かだった。

「桂三郎さん、折角神田川までやってきたのだ、この界隈で蕎麦でも食していかぬか。それとも一刻も早く長屋に戻ったほうがよいかな」

「いえ、かようなことは滅多にございません。そうしましょうか」

と男二人で話が決まり、

「クロスケ、こんどは小舟の番をしていよ、よいな」

とクロスケは小舟に乗せられ、引き綱で繋がれた。

「直ぐに戻って参るでな」

小籐次がクロスケに言い聞かせ、柳橋の北側へと渡った。

昼の刻限でもあり、両国広小路界隈の食いもの屋は、らくだ見物の人でどこもが混雑していると思ったからだ。

浅草下平右衛門町《しもへいえもんちょう》に蕎麦屋を見つけて入り、らくだの話をしながら蕎麦を賞味した。

「おまえ様はどうでした」

とおりょうが小籐次に聞いた。

「らくだか、よく見れば愛らしい。夕ではないが長いこと船旅をして異郷のあちらこちらで見世物にされ、終には江戸まで連れて来られたとはな。なんだか身につまされるわ」

「赤目様にはおりょう様も駿太郎さんもいて、大勢の知り合いがおられる。らくだの暮らしとはいっしょになりませんよ」

　桂三郎が言った。

「桂三郎さんはどうだ。らくだを見て、なんぞ工夫がついたか」

「あの大きな体を煙草入れの金具にどう調和させるか、ただ今のところ思い付きません」

　と答えた桂三郎の顔は錺職人そのものであった。そこへ注文の蕎麦がきて、子どもたちから歓声が上がった。

四

　小籐次の小舟に桂三郎、お夕親子が乗り、小籐次の櫓で賑やかな声が空から降ってくる両国橋を潜って大川河口に向った。

　一方、おりょう、駿太郎、お梅の三人にクロスケは、浅草御蔵前通《おくらまえどお》りを徒歩で北に向い、吾妻橋が見える辺りまでさしかかった折、おりょうが、

「折角の外出です。浅草寺に御参りしていきましょうか」

と言い出した。

「おっ」

と嬉しい喜びの声を発した駿太郎が、

「クロスケ、こんどは浅草寺参りだぞ。こちらも大勢の参拝の方々がおられる。静かに従うのだぞ」

と引き綱をしっかりと持ち直した。

お梅は黙っていたが、上気した顔が喜びを隠しきれないでいた。

「久しぶりの浅草寺参りです。いつ以来かしら」

おりょうが首を捻った。

「母上、毎日川越しに浅草寺の甍《いらか》を見ているではありませんか」

「それはそうですが、やはり見ているのとお参りでは気持ちが違います」

おりょうらは、吾妻橋とは反対方向の広小路に入り、雷門の前に立った。

こちらもそれなりの人混みだったが、らくだ見物のあとのことだ。見物客の多さと熱気は比較にならないほど静かな感じがした。

おりょうらは雷門の前で一礼し、参道を進み始めた。そのとき、

「掏摸だ、だれかその男を捉まえて!」

という女の悲鳴が上がった。

駿太郎は行く手から着流しの男が走ってくるのを見ていた。

「お梅ちゃん、クロスケを頼む」

引き綱を渡した駿太郎が、おりょうとクロスケを伴ったお梅を参道の傍らに寄せた。

「どけ、どけ、邪魔しやがると突き殺すぞ！」

険しい目付きの男が必死の形相で走ってくる。

その背後からお店《たな》の内儀風の女と小女がよたよたと追ってきたが、男は一歩ごとに引き離して駿太郎らのいる場所に近付いてきた。

周りの参拝客は掏摸の男の形相を恐れてか、参道の左右に避けて立ち竦んでいた。

「駿太郎、相手は一人ではありますまい。気をつけなされ」

おりょうが注意した。

「はい」

と答えた駿太郎が参道の真ん中に出ると、立ち塞がるように両手を広げ、

「お待ちなさい」

と叫んだ。

掏摸の目付きが一段と険しく、駿太郎を睨み、

「小わっぱ、邪魔しやがると突き殺すぜ」

と叫んで片手を襟元に突っ込み、匕首《あいくち》を抜き放った。

秋空の下、匕首がきらりと光った。

駿太郎は、実父須藤平八郎の形見の脇差の柄に手をかけることなく、掏摸と素手で向き合った。

一瞬後、掏摸の持つ匕首が突き出されるのと駿太郎が体を半身に開いて匕首の切っ先を避けるのとが、ほぼ同時だった。匕首を持った掏摸の手を駿太郎が手刀で打ち、右足で足払いをかけた。

あっ！

と悲鳴を上げた掏摸が前のめりに参道につんのめった。

匕首が手を離れて転がった。それでも転倒の痛みを堪《こら》えて立ち上がろうとする掏摸の懐から女物の巾着が転がり出た。紐が切られているのが分った。

駿太郎が足で蹴って匕首を掏摸から遠ざけ、

「動いてはなりませぬ」

と命じた。

「おお、やるな」

「まだ若い侍じゃないか」

「いや、子ども侍だぜ」

などと見ていた男たちが言い合った。

「くそっ」

と罵り声を上げた掏摸が参道に座り込み、

「おい、てめえ、よくも人の仕事の邪魔をしてくれたな」

と駿太郎を見て、なんだ、まだ子どもじゃないかという顔をした。

そこへ掏摸に巾着を取られた女二人が走り寄って来た。そして、巾着を見て、

「ああ、私のです」

と巾着に駆け寄ろうとした。

「お待ちなさい」

駿太郎が女を止めた。

「あれは私の財布です」

「分っています」

駿太郎が応じて制したとき、

「蛇の目の金八、女、子ども相手にぶざまを晒《さら》したな」

と人混みを分けて中年の男が姿を見せた。その後に二人ほど若い男を従えていた。

「おっ、奥山の兄さん、油断した」

仲間が姿を見せて助かったという顔をした掏摸が、裾を開いて膝から血が流れていることを確かめた。その金八が、

「この落とし前どうつけてくれるよ」

と駿太郎を見た。

「まずその前にそなたの所業の始末です。そのお方の巾着を盗んだのですね」

「おお、人前でよ、人聞きの悪いことを言ってくれるじゃないか。盗んだとも、おりゃ、掏摸の蛇の目の金八だ。掏摸は掏られたほうが間抜け、掏ったほうの芸なんだよ」

蛇の目の金八と名乗った男が居直った。

「巾着の紐を切り取るのが芸ですか、その上、かようにしくじったのです。大した掏摸の芸ではありませんね」

「おめえ、何者だ。刀は差しているようだが、大方竹光か」

急に威勢がよくなった金八が駿太郎を睨んだ。

「お侍、おまえさんの言うとおりだ。掏摸が手の内を晒しちゃ終わりだ。こやつの始末はわっしがつけます。本日のところは、金八の身柄を引き取っていかせて下さいな」

奥山の兄さんと呼ばれた男が駿太郎に願った。

「その前に巾着の中身を確かめるのが先です」

駿太郎が金八の前に転がる巾着を摑んで、掏られたという女に渡した。兄貴分は、駿太郎の態度を、なにっという顔で見ていた。

「あ、ありがとうございます」

巾着の紐を解いたお店の内儀風の女が、巾着の中身を改めていたが、

「旦那に支払いを命じられたお金の包みも私の持物もございます」

と言った。

「ならば、金八を引き取っていいな」

奥山の兄さんが駿太郎を睨んだ。

駿太郎はどうしたものかと、おりょうを見た。

「おまえさん方、どこのだれだ」

と奥山の兄さんが尋ね、

「おい、餓鬼、おれの怪我をどうしてくれるんだ」

金八が叫んだ。

「盗人猛々《たけだけ》しいとはこのことです」

おりょうが涼やかな声で言った。

「おや、おまえさん、この小わっぱ様と関わりがあるのか」

奥山の兄さんがおりょうに目を付けたか、言った。

「母親です」

「驚いたな、母親だと」

奥山の兄さんが言ったところに別の声がして人混みの中から十手持ちが姿を見せた。

「ああ」

蛇の目の金八が悲鳴を上げ、奥山の兄さんも、不味いな、という顔をした。

「お手柄でしたね」

人混みから話を聞いていたか、

「金八、観念しねえ。相手を見誤ったな」

と十手持ちがいい、奥山の兄さんと呼ばれた男を睨んだ。

「相手を見誤ったとはどういうことだ」

奥山の兄さんが十手持ちに質《ただ》した。

「奥山の宜三郎、蛇の目の金八、このお方の父御は酔いどれ小籐次様だぜ。蛙の子は蛙だ、そのお方に取り押さえられたんだ、金八、有難く思え」

十手持ちは駿太郎のことを承知か、そう言った。

「おおっ！」

掏摸騒ぎを見ていた群衆から歓声が沸き、

「酔いどれ様の倅じゃ掏摸なんぞは敵わないやな」

と見物の中から声がした。

「並木橋の、おれはただ見ていただけだからな」

形勢不利と見たか、奥山の宜三郎ら三人がこそこそとその場から逃げ出した。

駿太郎は、転がっていた匕首を拾い、

「親分さん、金八の持物です」

と十手持ちに渡した。

「駿太郎さんと仰《おつしや》いましたな、お手柄でした」

名まで挙げて匕首を十手持ちが受け取った。

「私はただ匕首を叩き落とし、足を払っただけです」

「いいえ、時を稼いで頂いたんでね、近ごろのさばっていた蛇の目の金八をお縄に出来ました。わっしは浅草寺界隈が縄張りの並木橋の九造です」

十手持ちが子どもの駿太郎に挨拶し、おりょうに視線を移して会釈した。

「親分」

掏摸に遭った女と十手持ちは知り合いか、女が呼んだ。

「田原町の山田屋のお内儀さん、えらい目に遭いなさったね」

九造親分の注意がこちらに向いていたとき、不意にクロスケの吠え声がして、見ると逃げ出そうとした蛇の目の金八の足首に嚙み付いていた。

それをお梅が必死で引き綱の端を握りしめていた。成犬になったクロスケは、お梅を引きずるくらいの力持ちになっていた。

「この犬は」

「うちのクロスケです」

「金八、返す返すも厄日だったな、諦めな」

並木橋の九造親分が言い、駿太郎が、

「クロスケ、もういい」

と命じて金八の足首から離させた。


そんな騒ぎがあったとは露知らず、小籐次は桂三郎、お夕父子を新兵衛長屋に送り、小舟の舳先を巡らせて久慈屋《くじや》に向った。

昼下がりからの仕事になる。久慈屋の道具を研がせてもらおうと思ったのだ。

「らくだ見物はどうでした」

と観右衛門《かんえもん》が早速聞いてきた。

「なんとも妙な生き物じゃな、体が大きな割には大人しくもあり、愛嬌もありました」

小籐次はらくだ見物の一部始終を語り聞かせた。

「空蔵さんに捉まりましたか。明日あたり、らくだと酔いどれ様のご対面が読売に載りますかな」

「らくだの様子を文字や言葉で言い表わすのは難しゅうござる。空蔵さんには絵心がありませんでな、まずそれはなかろう」

と答えた小籐次は研ぎ場で仕事を始めた。

芝口橋を往来する人々を照らし出す光も秋のそれだ。澄み切った青空が広がっていた。

一刻半ほど精を出し、この日の仕事を終えた。

小籐次は、明日は森藩江戸藩邸に剣術指南に行く日だと思い出していた。

店仕舞いする小籐次に声をかけてきたのは難波橋《なにわばし》の秀次親分だ。

「おや、こっちで仕事でございましたか」

「本日は、らくだ見物に行ったでな、遅くなった」

「では、浅草寺には参られませんでしたか」

「浅草寺にはらくだはおらぬでな、両国広小路でらくだを見た」

「お一人で見物ですか」

「いや、皆といっしょだ」

秀次にらくだ見物の経緯をあらまし述べた。

「すると、両国橋でおりょう様方と別れられたので。となるとおりょう様方がそのあとに浅草寺に参られましたかな」

「なんぞあったか」

「いえね、最前大番屋に立ち寄ったら、なんでも赤目小籐次様が掏摸を捉まえたとかなんとか、仲間が話をしているのですよ」

「わしではないな、なにかの間違いであろう」

小籐次の返答に秀次も首を傾げた。

「赤目様、今日は須崎村にお戻りでございますな」

二人の話を聞いていた観右衛門が聞いた。

「明日、森藩の剣術指南に参るゆえ駿太郎を伴うことにしております。ために明日も昼からの研ぎ仕事になります」

「ならば、道具はこのままにしておきなされ」

と言われて小籐次は研ぎ道具を久慈屋に預けることにした。

船着場まで見送りにきた観右衛門が、

「大旦那様が折り入って赤目様に相談があるというておられます。近々時間を作って下され」

「なんでござろうな」

「私も存じませんでな。先日から独り考え事をなさっておられました。おそらくそのことかと思います」

と観右衛門が答え、小籐次は頷いた。

小籐次が小舟を芝口橋から出したのは六つ（午後六時）過ぎのことだった。どんなに急いでも半刻以上はかかった。

この夕べは海風を背に受けて、珍しく帆柱を立てて帆を張ったので、楽をして須崎村の湧水池の船着場に着いた。すると駿太郎とクロスケが待ち受けていた。

秋の陽はつるべ落とし、船着場は薄暗かった。

「よう分ったな」

「いえ、半刻前から父上の帰りを待っておりました」

小籐次は小舟を舫って船着場に上がり、駿太郎とクロスケといっしょに望外川荘への道を辿った。

「夕餉はどうした」

なにか話したそうな駿太郎に尋ねた。

「未だです」

望外川荘まで黙って父子と犬は歩いた。

「お帰りなされ」

おりょうに迎えられ、夕餉の膳が用意された台所の板の間に上がった。

「聞かれましたか」

おりょうの問いに囲炉裏の前に座した小籐次は駿太郎を見た。

「浅草寺で掏摸を捉まえました」

と前置きした駿太郎が一気に経緯を喋《しゃべ》った。

小籐次はようやく秀次親分が言っていた一件を理解した。

「父上、浅草寺界隈を縄張りにする並木橋の九造親分と番屋にいっしょにいって、掏摸の金八や、巾着を掏られた仏具屋のお内儀さんたちのお調べに立ち合いました」

駿太郎が言い足し、

「母上とお梅ちゃんとクロスケもいっしょでした」

「それはご苦労であったな」

と小籐次がようやく得心した。

「駿太郎はおまえ様の血はひいてはおりません。けれど、騒ぎに巻き込まれるのはどうやら同じ、氏より育ちでございましょうかな」

おりょうが笑った。

「掏摸に遭った内儀どのらに怪我はなかったか」

「ございませんでした」

とおりょうが答え、

「らくだ見物に浅草寺門前の掏摸騒ぎか、妙な一日であったな」

小籐次の言葉でいつもより遅い夕餉が始まった。

第二章　森藩剣術指南

一

小籐次と駿太郎は、元札之辻近くの浜辺に小舟をつけ、豊後森藩江戸藩邸の通用門から入った。表門は閉じられていた。

海から朝日が上る前の刻限だ。

一月に二度の剣術指南だ。

迎える側の門番も小籐次と駿太郎父子と顔見知りになり、

「赤目様、お早うございます」

と挨拶をするようになった。

「お早うござる」

「お早うございます」

と父子も挨拶を返し、剣道場へと向った。すると道場から人の気配がして床掃除が始まっていた。

「遅くなりました、申し訳ありません」

稽古着姿の駿太郎が小走りで道場に入ると、そう詫びながら掃除の人びとに慌てて加わった。

掃除は森藩の下士の勤めと決まっていた。だが、近習頭《きんじゆがしら》の池端恭之助《いけはたきようのすけ》はその慣わしを破り、自ら雑巾を手に床掃除の列に加わっていた。

小籐次は見所の神棚の樒《しきみ》の水を取り替えるために器を提げ、井戸端に向った。

赤目小籐次が指導する朝稽古には中屋敷、下屋敷の藩士を含めて四十人ほどが集まるようになっていた。だが、藩の上士たちは三人に一人も稽古に加わろうとはしなかった。

だが、小籐次はそのことを気にかけてはいなかった。それは予測されたことだった。ただ今の赤目小籐次が江戸でどれほど持て囃《はや》されようと、森藩江戸藩邸の重臣にとっては、

「下屋敷の厩番」

でしかないのだ。

小籐次は、道場に通うたびに殿の意向に従い、使命を全うするだけと、己に言い聞かせていた。

掃除が終わると、神棚に向い、一同が拝礼した。

そのとき、二十数人の藩士が集まっていた。

小籐次はまず体を手足の先からほぐさせる動きをなした上で、木刀で素振りを行った。

来島水軍流は異形《いぎょう》の剣術だ。だが、素振りを行うのは剣術の基と考えていた。この基を行うことで藩士各人のおよその技量やふだんの稽古ぶりが一目瞭然に分った。

体の血のめぐりがよくなったところで竹刀に持ち替え、東西に分れて打ち込み稽古に入った。神棚に近いほうは実力者が占め、反対側はまだ若い初心者たちが向き合っての稽古だ。

このところ小籐次は、池端恭之助と最初に稽古することが多い。池端の剣の実力もさることながら、人柄が剣風に乗り移り、

「好ましい」

と思わせる素直な剣術だった。

上位である打太刀はむろん小籐次、下位の仕太刀は恭之助だ。

小籐次が剣術指南に決まって以降、恭之助はこれまで以上に稽古を積んでいることを示して、ぐんぐんと腕を上げてきた。

動きが滑らかで打ち込みがしなりをもって力強くなっていた。小籐次の受けが時に押し込まれるような場面さえあった。

「池端どの、俄かに上達なされたな。なかなか踏み込みも打ち込みの間もよい」

「赤目指南のご指導のお蔭です」

恭之助のあとも藩士たちの稽古の相手をした。その中には創玄一郎太や田淵代五郎がいた。

一方、駿太郎は道場の端で江戸藩邸常住の子弟たちと稽古をしていた。駿太郎と同年配から十四、五歳の者が十人ほど、いつしかいっしょに稽古するようになっていた。

駿太郎も相手を替えつつ、打ち込み稽古を続けていた。物心ついた時から大人相手に、いや、父の赤目小籐次の指導を受けて来た駿太郎だ。

正直、相手とは力の差があった。ゆえに相手の力に合わせつつ稽古をした。それはそれで面白かった。まだかたちがないだけに思いがけない攻めを受けることもあった。

芝とはいえ江戸藩邸で産まれ育った子弟組からあれこれと駿太郎は稽古の合間に教わった。駿太郎も新兵衛長屋でお夕や勝五郎の倅の保吉と兄弟のようにして育ってきた。だが、大名家の江戸藩邸の中の暮らしは、駿太郎がまるで知らないことばかりだった。

時折、小籐次が子弟組にきて、

「ほう、踏み込みがよいな」

とか、

「竹刀がぶれておるぞ、握り方が間違っておるせいだ。今のうちにしっかりと基を身に着けることが大事じゃぞ」

などと一々稽古を止め、手直しをした。

この朝、初めての顔が四人、稽古の途中に道場に入ってきた。だが、成人組にも子弟組にも加わらず、自分たちだけで稽古を始めた。おそらく重臣の子弟であろう。

池端恭之助が、

「どうだ、水村修次郎、そなたら、赤目先生のご指導を受けてみぬか」

と声を掛けた。

「御近習頭、われら、流派が違います」

「流派は違えど、他流の指導を受けるのも邪魔にはなるまい。まして江都一の武術家赤目小籐次指南のご指導であるぞ」

「池端様、来島水軍流は森藩に伝わる剣術というのは真ですか」

水村修次郎と呼ばれた若者が赤目小籐次を無視して恭之助に聞いた。

「われらは江戸藩邸育ちゆえ、国許ではもはや来島水軍流は途絶えていると聞かされてきた。だが、赤目先生のご先祖が下屋敷にて密やかに伝えてこられて残っていたのだ、森藩にとって貴重な武術と思わぬか。海に生きてきた森藩久留島一族の過ぎし日を偲びながら学ぶのも、われら森藩家臣の務めと思わぬか」

恭之助が諭すように修次郎ら四人に語りかけ、

「赤目先生、この者たち、江戸藩邸育ちの小姓見習組にて水村修次郎、池辺義忠、佐竹忠利、平良克之にございます」

と小籐次に次々に紹介した。だが、四人は小籐次を無視して、

「池端様、剣術は日々進歩し、変わっておると聞き及んでおります。東国の剣術

を学んだわれらに邪魔にはなりませぬか」

佐竹忠利という名の若者が言った。駿太郎がいっしょに稽古する子弟組より年長で十六から十八歳くらいの四人だ。

「そなたら、鹿島神道流の道場に通っておるのであったな」

「いかにもさようです」

「どうだ、そなたらが学ぶ鹿島神道流と来島水軍流とで打ち込み稽古をしてみぬか。さすればその違いがわかろう」

池端恭之助が誘った。

「立ち合いですか」

「試合ではない、あくまで稽古だ」

恭之助が下心のありそうな四人に注意した。体が頭一つ分飛び抜けて大きな水村修次郎が頷いた。

「赤目先生、駿太郎どのとまず稽古してもらってようございますか」

恭之助が小籐次に許しを乞うた。

「森藩の道場です、お好きなようになされ」

未だ下屋敷の下士であった赤目小籐次から剣術の指導を受けることをよしとは

せぬ重臣らの考えを改めるために、駿太郎とその子弟たちで稽古をさせてみようと恭之助は考えたのだ。

赤目小籐次が森藩江戸藩邸の剣術指南として通い始めて何度目の指導日か、江戸藩邸の赤目小籐次に対する雰囲気は相変わらず二分されていた。全く赤目小籐次の力を認めようとはしない上士と、『御鑓拝借』の勇者を素直に認める下士と、にだ。

小籐次が頷き、駿太郎が竹刀を手に一礼した。

「えっ、この者が相手ですか」

水村修次郎が初めて対面する駿太郎を見下したようにいった。

「赤目指南の倅どのだ」

「池端様、この者、いくつです」

「駿太郎どのは十一歳だ」

「十一と稽古せよと申されますか」

修次郎が憤然として言った。

さすがの池端恭之助も腹に据えかねたか、

「修次郎、そなたが立ち合いを望むならばそれも許す。ただし、そなたら四人が駿太郎どのに打ち負かされたとき、そなたらは赤目小籐次剣術指南と駿太郎どのに非礼を詫びて、毎朝道場稽古に来ることを約定せよ」

と言い放った。

「御近習頭、面白うございます。われらが勝ちを得た場合はどうなされますか」

修次郎の言葉に恭之助が駿太郎を見た。

「その折は、赤目駿太郎、こちらにお邪魔することは致しませぬ」

駿太郎が即答した。

「いよいよ面白い」

修次郎がいうと、

「克之、おぬしが一番手だ」

と仲間内で最年少らしき小太りの少年を指名した。背丈は駿太郎と同じくらいだが、体は倍ほど大きく見えた。池端恭之助が、

「赤目先生、それがしが審判役を勤めてようございますか」

「願おう」

小籐次が許したとき、道場に緊張が走った。

藩主の久留島通嘉《みちひろ》が見所に姿を見せて、重臣らが従ってきたからだ。

「なに、見習連中の立ち合いか」

通嘉が声をかけ、恭之助が、

(困ったな)

という顔をした。

稽古していた成人組も藩主の見物に一旦壁際に身を退《ひ》いた。

「殿、稽古にもいろいろございます、かような立ち合い稽古もその一環にございますればご寛恕《かんじょ》下され」

小籐次が恭之助に代わって通嘉に返事をした。

「若い内はあれこれ経験するのも修行の一つにあろう」

「殿、いかにもさようでございます」

と答えた小籐次が、

「結果は大して意味を持ちませぬ。己がどれほどの力を有しておるか、どこが劣っておったか、そのことを知ることがなにより大事でございます」

と道場の者全員に言い聞かせた。

改めて駿太郎と平良克之が道場の真ん中に移動し、竹刀を手に対面して一礼した。

藩主の久留島通嘉が見物しているのだ、克之は緊張すると同時に張り切った。

「勝負は一本、双方よろしいな」

恭之助が念を押し、頷き合った両者が竹刀を構え合った。

いささか小太りの克之は駿太郎の構えを見ていたが、駿太郎自らは仕掛けないとみたか、するすると大胆に間合を詰めて面打ちに出た。

藩主の面前、一気に勝負を決しようと力が入り過ぎ、動きがぎこちなくなっていた。

駿太郎はその場を動くことなく、克之との間合を十分に計って面打ちの竹刀を軽く自分の竹刀で払った。その払いで体が突っ込み過ぎていた克之の均衡がさらに崩れて床に前のめりに崩れ落ちた。

「勝負あった」

宣告する恭之助の声は淡々としていた。

見物の衆も一言も発しない。

二番手の佐竹忠利も克之の無様を見て、緊張した上に普段以上に力を入れ過ぎていた。

依然同じ場所に正眼の構えで立つ駿太郎のしなやかな弾きに、床に転がった。

三番手の池辺義忠は、一礼する前に肩の力を抜く様に上げ下げして深呼吸を繰り返し、駿太郎の前に立った。

ゆったりと竹刀を正眼におくと、静かに間合を詰めた。それでも竹刀一本分お互いの竹刀の先に空間があった。

駿太郎が初めて動いた。

竹刀の先が触れんばかりに詰まった。

同時に仕掛けた。

竹刀が絡み合い、数合打ち合ったあと、池辺の竹刀が折れ曲がった。それでもその竹刀で殴り付けようとする池辺の小手を駿太郎が叩いて、竹刀を床に落とした。

「勝負あった」

池辺義忠は茫然としていた。

小籐次が駿太郎を伴い、久留島通嘉から剣術指南を任じられた日、創玄一郎太と駿太郎が四半刻に及ぶ熱の入った稽古をした。だが、水村修次郎らはその場におらず、あとで話を聞かされ、

「創玄一郎太は、下士であったな。その上、須崎村に通い、赤目小籐次の門弟に

なったというではないか。そのような者が殿の御前というので派手な打ち合いをなしてみせたに相違ないわ、茶番じゃな」

と吐き捨てたことを恭之助は耳にしていた。

だが、目の前で、それも藩主がおられる面前で池辺義忠ら仲間三人が倒されていた。

「おのれ」

罵り声を上げた水村修次郎が竹刀を手にのしのしと駿太郎の前に出てきた。

「水村修次郎、約定を忘れるでないぞ」

恭之助に念を押された修次郎は、平常心を欠いていた。

だが、見物の藩士らのなかには、大人と子どもほどの背丈の差が実力差に映じる者もいた。

「修次郎は、愛宕《あたご》下の鹿島神道流道場では将来を嘱望されておるというではないか。さすがに負けはすまい」

「体付きと歳がこれだけ違えばな。過日の相手は下士じゃからな」

と初めて駿太郎を見る重臣の間でひそひそ話が交わされた。また歳の差ではない、力の差だと冷静に判断する者もいた。

そんな二人が池端恭之助の審判で対決することになった。

駿太郎は、正眼の構えだ。

一方、水村修次郎は上段に竹刀を置いた。

頭一つ分背丈の差がある二人だ、一見大人と子どもの違いが見られた。

水村修次郎の顔が紅潮し、駿太郎は平静だった。

これまでの三試合より長い睨み合いになった。

駿太郎は、修次郎に仕掛けさせるために待っていた。修次郎は、一撃で打ち砕く強い心づもりで、

「その瞬間」

を計っていた。だが、十一歳という駿太郎に、

「隙」

を見いだせないでいた。

（なぜだ）

微動もしない相手に苛立ちが募った。

それを見た駿太郎の正眼の竹刀が脇構えに静かに移っていった。

その誘いに乗った修次郎は、上段の竹刀を振り下ろしながら踏み込んでいった。

一気に間合が詰まった、と思ったとき、駿太郎が前へと動いた。

駿太郎の脳天に修次郎の竹刀が襲いかかった。

小さな体を丸めて自ら修次郎の竹刀の下へと飛び込み、脇構えの竹刀を対戦者の胴に、
ばしり
と音を立てて巻き付くように打ち、修次郎が横手に転がった。

芝の浜に小籐次と駿太郎を見送りにきたのは池端恭之助ただ一人だった。

勝負が決したとき、見所の通嘉が笑い出した。

「蛙の子は蛙じゃのう」

「はっ」

と小籐次は答えるに留めた。

「この次は父上お一人で剣術指南にお出で下さい」

駿太郎が言うと、

「なぜだ」

小籐次が問うた。

しばし言葉に迷う駿太郎に、

「水村らは駿太郎さんが来ないのをみたら、がっかりしましょうな。駿太郎さんも水村修次郎も力を出し切っての結果です。赤目様が試合の前に申された言葉を思い出して下さい」

池端恭之助が言った。

駿太郎は父が言った、

「結果は大して意味を持ちませぬ。己がどれほどの力を有しておるか、どこが劣っておったか、そのことを知ることが大事でございます」

のことだと思った。

父も池端も結果は承知していたのだ。

「かようなことがしばらく繰り返されよう」

と答えた小籐次が小舟の櫓を握り、

「また半月後に」

と挨拶して江戸の内海に小舟を出した。

二

その昼下がり、小籐次は久慈屋を訪ねた。主の昌右衛門《まさえもん》から、

「話がある」

と大番頭の観右衛門を通じて伝えられていたからだ。

小籐次一人が奥に通った。

昌右衛門は、書状を認《したた》めていたが人の気配に、

「赤目様でしたか、森藩の剣術指南は軌道に乗りましたかな」

と尋ねた。

「それが余りうまくいっているとは申せませぬ」

と答えたところに観右衛門も奥へ顔を出した。

「駿太郎さんが研ぎ場を設えて仕事をしたい顔ですがな」

「駿太郎の技量では長屋のおかみさん方の菜切り包丁くらいしか研げますまい。それは当人がよう承知していましょう」

と小籐次が答え、観右衛門が頷いた。

「耳に入りましたが、殿様の意向にも拘わらず赤目様の剣術指南就任を重臣方は認めようとはなさりませぬか」

小籐次は本日の様子を差しさわりないところで二人に語り聞かせた。

「ふーん、人の嫉妬というものはお武家方も変わりございませぬか。藩を出た赤目小籐次様の名が江都に知れ渡り、妬んでおられるのですよ」

昌右衛門もそう理解したようだ。

「まあ、この一件、だいぶ時を要しましょうな」

小籐次は今道場に出てくる者を相手に気長に指導するつもりでいた。

「ところで大旦那どののお話とはなんでござろうな」

小籐次は話柄を戻し、

「いえね、多忙な赤目様にお願い申すのはいささか気がひけておりましてな、言い出せずにおりました。話を聞かれてお断わりになっても全く構いませぬ」

と昌右衛門が弱気な顔で応じた。

「ほう、なんでしょう。まずはお話し下され」

小籐次の返事に観右衛門が、

「大旦那様、私は店に戻ります」

と立ちかけた。

「いや、大番頭さんにも話を聞いてもらいましょう」

昌右衛門の返事に観右衛門が改めて腰を落ち着けた。

「私が見るところ浩介《こうすけ》も久慈屋を切り盛りする店の後継ぎとして慣れたように思います」

「大旦那様の目は確かでございましたよ。若旦那はいつ大旦那様のお役目を引き継いでもやっていけます。いえ、大旦那様に隠居しろと申しておるのではございません。そこのところをお間違いのないようにお察し願います」

観右衛門の言葉に小籐次も頷いていた。

浩介は控えめながら店全体に気配りして若旦那の勤めを十分に果たしていることを承知していた。

二人の反応に頷いた昌右衛門が、

「いえね、店は浩介と大番頭さんがいる限り安心です。そこで何十年ぶりでしょうな、お伊勢参りに行きたいと考えたのです」

「おお、それはよいお考えです。で、赤目小籐次様にお供を願えないかと大旦那様はお考えになった」

観右衛門が話を先取りした。

「はい。ご無理でしょうかな」

と昌右衛門が小籐次の顔を見た。

「未だお伊勢参りに行ったことはござらん。かようなお誘い、滅多にあるものではない。直ぐにもお供をと申したいが、森藩の剣術指南が最前申したように決してうまく行っておりませぬ。この森藩の一件が落ち着くには半年ほど掛かりましょう」

小籐次はおりょうがなんというか、考えながらそう返事した。

「いえね、私も明日明後日に旅立ちたいという話ではございません。間もなく冬の到来です。来春、然るべき時節にお伊勢さんに参りたいと考えたのです」

「大旦那様、それなれば森藩の方も落ち着きましょう」

と観右衛門が納得し、小籐次も首肯した。それでも、

「大旦那どの、おりょうとも相談の上、返事を致すことでようござるか」

と小籐次が願い、

「それで結構です」

と昌右衛門が安堵の表情で答えた。

小籐次は観右衛門に従い、奥から店に向いながら、なんとなく昌右衛門が小籐次に伝えなかったことがあるのでは、と考えていた。

店の土間では駿太郎が研ぎ場に座り、真剣な表情で刃物の手入れをしていた。

「おや、二代目がしっかりしておられる」

観右衛門の声に駿太郎が研ぎの手を止めて、

「喜多造さんの小刀を研がせて頂いているのです」

と言い訳した。

喜多造は久慈屋の荷運びの頭だ。大小の荷船を管理し、動かしていた。ゆえに小刀は仕事用の道具だ。久慈屋の紙を切るような刃物ではなく、菰《こも》包みの縄を切ったり、櫓を削ったりする折に使うものだ。

「喜多造の道具の手入れとは駿太郎さんも考えましたな」

と観右衛門が言った。

「父上に仕上げは願います」

駿太郎が刃渡り五寸ほどの小刀を見せた。中砥まで丁寧にかけてあった。

小籐次は手にとり、指の腹で刃を撫でていった。どこにも引っ掛かりはない。だが、刃の切れ味を久慈屋の反古《ほご》にした紙で試してみると、今一つ切れが悪い。

「やっぱり父上のようには行きません」

駿太郎ががっかりした。

「ここまでくると長年の勘と指先の感覚でな、だが、喜多造さんが使うには駿太郎が研いだ小刀で十分通用しよう」

小籐次は駿太郎の研いだ小刀を中砥で数回滑らせ、駿太郎に渡した。すると駿太郎が指の腹で確かめていたが、

「最前の刃と違うぞ」

と言いながら反古紙で切れ味を試した。すっぱりと綺麗に切り分けられた。

「うーん」

駿太郎が唸り、首を傾げた。

「駿太郎さん、お父上とは年季が違いますでな、なんでもそう簡単には達人の域とは参りませんよ」

観右衛門が笑った。

「駿太郎、本日はそなたといっしょに久慈屋さんの道具を研がせてもらおうか」

と小籐次が言い、研ぎ場を急きょ二つ設けた。

駿太郎が粗砥をかけ、小籐次に渡した。それを小籐次が中砥をかけて駿太郎に

確かめさせた。

そんな風に父子でせっせと仕事をこなした。

いつしか秋の陽が西に傾き、小籐次は、本日はこの辺で仕事仕舞いにしようかと考えたとき、二人の前に人影が立った。

「おや、駿太郎さんも研ぎの手伝いかい」

顔を上げるまでもなく読売屋の空蔵だった。その空蔵の顔がすっきりとしていなかった。

小籐次は黙って砥石の表面を洗い桶の水で洗い流す作業を続けた。空蔵もその様子を黙って見ているだけだ。

駿太郎が道具を小舟に運んで行った。

「なにか言いたそうな顔付きじゃな」

空蔵が懐から一枚の読売を出して広げた。小籐次には一目で空蔵が手掛けた読売ではないと分った。

大きな見出しが冒頭に刷り込まれ、

「酔いどれ二代目、掏摸退治」

とあった。

どうやら浅草寺門前の駿太郎の行動が山猿の三吉に知られて抜かれたようだ。読売の一面に駿太郎らしい小さな侍が、掏摸を投げ飛ばす絵が派手に躍って描かれていた。

「こんなことがあったんならよ、知らせてくれてもよさそうじゃないか」

「わしの一家はそなたの下働きではない。それにわしもその場にはおらず知らぬことであった。駿太郎もおりょうも番屋に連れていかれて、事情を聞かれておる。その他のことに頭が回るものか」

「ちえっ、一家で冷たいな」

そこへ駿太郎が戻ってきて読売を見た。だが、黙っていた。

「この読売、浅草寺界隈でえらく売れたそうだ」

「そなた、競争相手に抜かれたことをぼやきにきたか。何度も言うが、わしらはそなたのために生きておるのではない」

小籐次が言い、研ぎ場から立ち上がって観右衛門に辞去の挨拶をしようとした。すると観右衛門の視線が小籐次の背後に向けられて何事か訴えていた。

小籐次が表を振りむくと、難波橋の秀次親分とどこかで見かけた顔の男が久慈屋の店先に立っていた。

「酔いどれ様になんぞ用事できたのか、えらく酔いどれ様の機嫌が悪いぜ、藤岡屋の旦那」

空蔵の言葉に小籐次は思い出していた。らくだの見世物を江戸で企てた興行元が藤岡屋由蔵だった。

「機嫌が悪いもなにも空蔵さん、おまえさんが駿太郎さんの手柄を他の瓦版屋に書かれたと赤目様に文句を付けるのはお門違いだぜ。赤目様の機嫌が悪いのは、おまえさんのせいだよ」

難波橋の秀次親分が言い出した。

小籐次は秀次と藤岡屋由蔵を見た。

なにか魂胆がありそうに思えた。

「親分、わしは一介の研ぎ屋だぞ、これ以上厄介ごとを持ち込まれてもどうにも身動きがつかぬ」

と釘を刺した。

「へえ、分ってます。だがね、近藤の旦那を通してこのお方がわっしの家に見えましてね」

秀次が困惑の体で言った。

「なんぞあったのか、藤岡屋の旦那」

空蔵が商売っけを出した。

「なにもございません、空蔵さん」

藤岡屋由蔵が首を横に激しく振った。だが、その動作がかえって心配ごとを抱えていることを示していた。読売屋の空蔵には知られたくないことだろう。

「だってよ、難波橋の親分といっしょに赤目小籐次様に願いごとにきたんだろ、なにかなきゃおかしいぜ」

空蔵が言い募った。

久慈屋の店先に重い空気が漂った。

「赤目様、どうですね、親分とそのお方に店座敷に通ってもらったら」

観右衛門が助け舟を出した。

「そりゃ、いいや」

空蔵が急に張り切った。

小籐次は新たなる面倒に巻き込まれそうな予感に迷った。だが、このままにして須崎村に戻ったところで話が終わるとは思えなかった。

「駿太郎、久慈屋さんの台所で待っておれ」

と小籐次は駿太郎に命ずると、秀次親分と藤岡屋由蔵に目顔で誘った。

「お、おれはダメか」

「ダメだ」

難波橋の親分が一喝して空蔵の同席を拒んだ。

「久慈屋さん、申し訳ない」

と言いながら藤岡屋由蔵と秀次親分が小籐次といっしょに店座敷に通った。

観右衛門も遠慮し、三人が店座敷で対面した。

「赤目様は昨日一家でらくだ見物に行ったそうですね」

難波橋の親分が口火を切った。

「駿太郎やおりょうが見たいというでな、それがどうかしたか」

秀次が藤岡屋の由蔵を見た。

「赤目様、ら、らくだが二頭とも盗まれたんですよ」

「なんじゃと、あのように大きな生き物をだれかが盗んだというのか」

はい、と藤岡屋の由蔵が頷き、小籐次は途方もない話を聞かされたと思ったが、

「親分、その顔付きでは虚言を弄する話ではないことは分った。されどわしが関わる話ではあるまい。親分方が汗を流す話ではないか」

へえ、と秀次が頷いた。

「赤目様、あのらくだ、さるところから一日いくらの高い借り賃で借りている生き物でしてね、盗まれたとあっては大損どころか、私は首を括ることになる」

「とはいえ、わしが出る幕ではあるまい。町方のお役人や秀次親分が付いておられる。そちらでなんとか目途がつこう」

座に沈黙が落ちた。

「へえ、奉行所に藤岡屋さんが届けを出しなさったので、わっしらも動いております。最前も申しましたが、藤岡屋の旦那がぜひ赤目小籐次様にひと肌脱いで頂きたいとわっしのところに来られたんですよ」

こちらも恐縮の体の秀次親分が小籐次に連れてきた経緯を話した。

「藤岡屋の旦那どの、なぜわしに白羽の矢を立てられた。わしは研ぎ屋の爺じゃぞ」

「いえ、赤目小籐次様をだれも研ぎ屋だなんて思っておりませんよ。数多の武勇を立てられた江戸一番の剣術家にして、おりょう様といっしょに須崎村の望外川荘に住んでおられる」

「それとこれとは関わりがあるまい」

小籐次の反論に藤岡屋の由蔵がしばらく黙り込んだ。そして、言い出した。

「いえね、らくだのほうからすり寄って行った人間は赤目小籐次様だけなんですよ。私は、らくだが盗まれたとこの朝、聞かされたあと、赤目小籐次様ならば必ず探し出してくれると、考えたんですよ」

「それはあの折も申したが、わしはさる大名家に奉公していた折、厩番であったからな、生き物の臭いが染みついておるのか、あるいはらくだのほうで同類と思うて、考え違いしたせいで近寄ってきたのであろう。それだけのことだ」

「いえ、赤目様ならば、必ずや探し出してくれます」

なぜか藤岡屋由蔵が言い切った。

「困ったのう」

小籐次が呟くところに秀次親分が、

「らくだの寝場所なんですがね、小梅村の百姓家を借りて夜を過ごしていたんだそうで。そこから昨晩、二頭が消えた、いえ盗まれたと藤岡屋の旦那はいうのですよ。赤目様、須崎村への帰り道、現場を見てもらうだけでもできませんかえ」

秀次親分が小籐次に願い、小籐次は頷くしかなかった。

久慈屋の荷船に小籐次、秀次親分の手先の信吉や銀太郎ら、それに藤岡屋の由蔵が乗り込み、久慈屋の船頭の喜多造が櫓を握った。

小舟は駿太郎が操り、喜多造の船に従った。

二艘は築地川を下り、江戸の内海から大川へと上がって行った。

事情を知った久慈屋の大番頭の観右衛門は、大勢が乗れるように久慈屋の荷船を手配してくれたのだ。

「そなた、一人で櫓が漕げるか」

と小籐次が案じたが、

「大丈夫です、父上。こちらに残せば、明日父上の仕事に差し支えましょう」

駿太郎は明日のことを考えて小舟を須崎村に戻すことにした。また駿太郎にとって体を動かすことはなんでも興味があった。それは剣術の基となる体を造ることだと小籐次に教えられていたからだ。

「藤岡屋さん、らくだの持ち主はだれなんですね」

荷船の中で秀次親分が口を開いた。

「へえ、らくだ二頭は、元々大坂で何年か前から見世物になっていたものを、八か月の約束で借り受けたものなんですよ。なんでも私の他にも江戸で見世物にしようとした人物がいたようで、上方の持ち主が私らを煽《あお》って借り賃を釣り上げた。ともかく私が競り落としたんです。まあ、最初から見物人が押し寄せて、これでひと儲けできるという矢先にらくだが盗まれた。このままらくだが戻ってこなければ、ほんとうに私は大川に身を投げるか、首を括らねばなりません」

藤岡屋由蔵が嘆いた。

「夜の寝場所の百姓家からよく大人しく連れ出されたものだな。らくだといっしょに寝泊まりしていた者はいなかったのかえ」

秀次親分が当然の疑問を呈した。

「おりました、見世物小屋で唐人の形《なり》をしていた芸人くずれが何人も百姓家の別棟で寝泊まりしていましたよ。でも一切物音など聞いていないというのです」

「らくだは人なつっこい生き物のようだが、上方から付いてきた者はいないのか」

小籐次が尋ねた。

「ええ、やはりあれだけ大きな生き物です。上方で慣れていた時次郎と李作って男が千石船に乗せたらくだに江戸まで従ってきて、うちが雇った芸人くずれにらくだの扱いを教え込んだのです」

「時次郎と李作は今もらくだに従っておりますかえ」

秀次親分が尋ねた。

藤岡屋の由蔵の話を聞いた小籐次も秀次も、この二人が関わったらくだ盗難ではないかと思った。

「いえ、もう半月も前に上方に戻りましたよ」

由蔵の答えだった。

三

小籐次は、駿太郎の小舟も同道させて、らくだが寝泊まりしていた小梅村の百姓家を教えておくことにした。

源森川と横川が合流するところから小梅村を突っ切るように東北に向って用水路が流れていた。その百姓家は、その用水路を一丁ほど入った東側にあった。

用水路から見てもらくだを八か月ほど寝泊まりさせるために十分な敷地があるように思えた。またらくだが船から乗り降りできる船着場と段々も備えられていた。

「父上、うちの近くにこのような屋敷があって、あのらくだたちがいたなんて思いもしませんでした」

駿太郎はそう言い残すと、先に望外川荘に戻っていった。

喜多造の船を下りた小籐次らはその百姓家の長屋門を潜った。

敷地は、柊《ひいらぎ》の垣根があって広さ四、五百坪はありそうで、敷地の右手にある納屋がらくだの小屋だった。

背の高いらくだのために中二階の物置が壊され、らくだが立って入ることができるように改装されていた。床には砂が敷かれて、脚を折って休むことができるようになっていた。

二頭のらくだが夜の間、休息するために十分な広さだ。

秋の夕暮れ、そのらくだの小屋の前には唐人に扮していた男たちが所在なげにいた。

男たちはらくだとは別棟に寝泊まりしていたという。その頭分は、龍平といったが、全くらくだが盗まれたことに気付かなかった、それほど静かだったと、藤岡屋由蔵や難波橋の秀次親分にぼそぼそとした口調で言い訳した。

小籐次はらくだの臭いが染みついた納屋の中に点《とも》された燭台の灯りを見つめ、

ただ黙って龍平の言い訳を聞いていた。

秀次の手先たちは納屋の周りや敷地の中を歩き回っていた。

秋の日暮れだ、急速に小梅村辺りは夜の闇へと変わろうとしていた。

龍平らはらくだがいなければ、することがない。その顔には、明日からの仕事はどうなるのか、日当は払ってくれるんだろうかという不安の表情があった。

「赤目様、なんぞ知恵がございませんか」

藤岡屋由蔵が小籐次に話しかけた。

「藤岡屋どの、そなたの難儀は分らぬわけではないが、わしにはなんとも言えぬな。秀次親分、どうだ」

小籐次は秀次に話を振った。

「へえ、わっしもね、人間相手の十手持ちですからね」

と首を捻り、

「らくだを持ち去った相手はらくだのことをよく承知の人間でしょうね」

と当たり前のことを小籐次に言った。

「まずそれは考えられるな」

「となると、上方からくだに従ってきた時次郎と李作の二人が関わっているって考えられませんか」

秀次の言葉に藤岡屋由蔵が即座に反応した。

「親分さん、最前言いましたが、二人はもう半月以上も前に江戸を離れていますよ。すでに大坂に着いたころではございませんか」

「では、江戸にらくだに慣れた人間が他にいますか」

「親分さん、らくだは江戸で初めての見世物だ、だから私も手を出したんだ。そんな人間がいるとは到底思えない」

藤岡屋が困ったという顔で答えた。

「時次郎と李作が江戸に滞在していたとき、この家にいたんですかね」

秀次が問いを変えた。

「いえ、横川の柳原町の旅籠《はたご》木崎屋伍兵衛方に寝泊まりしていましたよ」

「わっしは旅籠辺りから聞き込みを始めます」

秀次が藤岡屋にとも小籐次にともつかず言った。

「親分、二人は大坂に戻っているんですよ」

「藤岡屋さん、そうは言われてもらくだに関わりがあった人間から調べていくしか手はありませんや」

秀次が応じたとき、

「ああ、そうだ」

とぼそりと言った龍平が三人の前から不意に家の方に姿を消した。

「親分、確かにわしはらくだには懐かれた。だが、らくだが居なくなった今、わしはなんの役にも立たぬ」

小籐次がこの一件から手を引くことを宣言した。そこへ龍平が手に文のようなものを持って戻って来た。

「藤岡屋の旦那、最前、気付いたんだが、旦那宛てと思われる文があちらの家に投げ込まれていた」

「いつのことだ」

藤岡屋の由蔵が険しい声を上げながら龍平の手からひったくった。納屋の薄暗い灯りで、

「藤岡屋由蔵様」

とあて名書きが分った。

由蔵が秀次を見た。

「だれからですね、心当たりがありますかえ」

秀次が確かめた。

「いえ、こちらはらくだのために借り受けた百姓家です、私が寝泊まりしているわけではありませんよ」

「となると、らくだの行方知れずと関わりがあるかもしれねえ」

と言った秀次が龍平に尋ねた。

「いつ、この文は投げ込まれていたんだ」

「気付いたのは昼下がりのことですけど」

「なぜ早くそれを言わないんだ」

藤岡屋由蔵が龍平を叱り、

「だってよ、旦那はいないし、どこに届けていいかわからなかったんだ」

と龍平はぼそぼそ言い訳した。

「藤岡屋どの、まず燭台の傍《そば》で文面を確かめなされ」

小籐次が忠言した。

藤岡屋が燭台の灯りの傍に寄り、秀次も小籐次も従った。文は四つ折りにしたもので広げると、

「らくだ二頭預かり候　戻してもらいたくば
一頭百両二頭都合二百両を用意のこと
引き換えの方法はおって知らせ候
名無しの権兵衛」

と下手な字であった。


「嗚呼」

と藤岡屋由蔵が脅迫の文を手にして頭を抱えた。

「これでらくだが金目当てに盗まれたということが分った」

と秀次が言い、

「二百両なんて支払ったら、うちは潰れますよ」

と藤岡屋由蔵が悲鳴を上げた。

「藤岡屋どの、そなた、上方の興行師かららくだ二頭を借り受けるとき、江戸に競争相手がいたそうだな。その身許は分るか」

小籐次が藤岡屋由蔵に聞いた。

「上方のらくだの持ち主がそう言ったんです、なんでも見世物の小屋主とかいうておりました。ですが、名前まで知りません。ひょっとしたらくだの貸し賃を釣り上げる駆け引きだったかもしれません」

曖昧《あいまい》な返事をした藤岡屋の由蔵が、

「親分さん、二百両なんて払えません。といってらくだがいなければ見世物にもなりはしません」

と悄然《しょうぜん》と肩を落とした。

「そのらくだの身代金を強請する文、わっしに預からせてもらえませんか」

秀次が言い、藤岡屋の由蔵から受け取った。

「藤岡屋さん、わっしの旦那の近藤精兵衛《せいべえ》様に相談して、この一件の探索を広げてもらいます。あれだけ大きな生き物を連れて遠くにはいけまい。この界隈に潜んでいると思うのだがな。まあ、気を落とさずにここは辛抱しなせえ」

秀次が藤岡屋由蔵を慰め、らくだの居なくなった百姓家を小籐次もいっしょに出た。

小梅村一帯に夜のとばりが下りていた。

待っていてくれた喜多造の船には提灯が点されていた。

秀次と手先たちは、横川端の柳原町の旅籠木崎屋伍兵衛方に聞き込みに行くと船着場に下りた。

「わしが親分に従ったところでなんの役に立つとも思えぬ。わしはこれで失礼しよう」

と小籐次は言った。

「この一件、どう思われます」

秀次が土手道に悄然と立つ藤岡屋由蔵を見ながら小籐次に尋ねた。

「親分の勘が当たっているように思う」

「らくだに従って大坂からきた時次郎と李作の二人が絡んでいるということですね」

「生き物が心を許すとしたら馴染みの人間だろう」

「その二人、文政四年から大坂の見世物であのらくだたちに従っていたといいますからね」

「ほう、大坂でらくだとともに暮らしていたのか。では、なぜ、こたびも時次郎と李作が世話をしなかったのか」

秀次が土手道に立つ藤岡屋を呼んでそのことを聞いた。

「ああ、そのことですか。あの二人の日当は結構な値段なんですよ。だから、龍平らにらくだの扱いを半月ばかり教えて上方に戻ってもらったんです」

藤岡屋の返答に頷いた秀次が、

「わっしはこれで」

と喜多造の船を出させた。

百姓家の船着場に小籐次と藤岡屋由蔵だけが残された。

「見世物はどうする気だ」

「本日は、らくだの体の具合が悪いということで休みにしてございます。だけど、そんな理由で長くは見世物を休みにするわけにはいきません。ずるずるとこのまいったら、ほんとうに首を括ることになりかねない」

藤岡屋由蔵が何度も繰り返した言葉を吐いた。

「赤目様、おまえ様は剣術が凄腕なだけじゃない、知恵者だ。そうでなければ、江戸でこれだけの人気者になるわけもない。なにか知恵を絞り出してらくだを一日も早く見つけてくれませんか」

と懇願した。

「そなたの苦衷《くちゆう》はよう分る。だが、らくだとなればのう」

「そんな冷たいことを言わないでくださいよ」

「次は、身代金の日時と受け渡し場所を知らせてくるはずだ。その時が勝負かのう。まあ、その辺りは、十分に秀次親分が心得て動いていなさる。二、三日、辛抱せよ」

と慰めた小籐次は、小梅村から須崎村へと月明かりを頼りに歩いていった。

望外川荘に戻るとすでに刻限は五つ前の頃合いでおりょうたちは夕餉を済ませていた。

「お疲れ様でした」

とおりょうが迎えて、

「らくだの行方は突き止められそうですか」

「なんともな」

と囲炉裏端に座った小籐次がおりょうに答えた。そこへ駿太郎が姿を見せて、

「父上、らくだは遠くへ連れ去られたのでしょうか」

と聞いた。

「いや、江戸におる。それも小梅村の百姓家の近くだな」

小籐次は百姓家にらくだの身代金二百両を強請する文が投げ込まれていたこと

を告げた。

「なんとらくだ二頭を押さえて二百両を要求してきましたか。らくだがちゃんとお腹が空かぬように食べさせてもらっておればよいのですが」

おりょうはらくだの体を気にした。

「父上、よいことを考えました」

「なんだな」

「クロスケは、らくだの臭いを承知です。クロスケにあの界隈を歩かせて探すというのはどうですか」

「ほう、考えたな」

「父上、私の考えではありません。弘福寺の和尚さんと最前会ったのです。それでらくだが居なくなった話をしたら、それなれば犬に追わせよ、犬の鼻は人の何倍も強いというぞ、と教えてくれました」

「ほう、瑞願和尚がな」

「確かにクロスケの鼻はなかなかのものです。台所で自分の餌の仕度が始まるとどこにいても飛んで参ります。人の食べ物と自分の餌を嗅ぎ分けておるのです」

おりょうも駿太郎に口を揃えた。

「明日の朝、あの百姓家をクロスケと訪ねて、散歩代わりにあの家の周りを歩いてみます」

小籐次はしばし駿太郎の考えを思案していたが、

「よし、クロスケが役に立つかどうかわしもいっしょに参ろう。厩番とらくだの縁だ、致し方ないわ」

藤岡屋由蔵の悲嘆の顔を思い浮かべて小籐次は答えていた。


翌朝、夜明けの刻限、小籐次と駿太郎は足拵えも厳重に小梅村のらくだのいた百姓家に小舟で向った。長屋門は開けっ放しで唐人に扮した男たちは未だ寝ている気配があった。

小籐次がクロスケにらくだの居た納屋を見せた。納屋の中は薄暗かったが、クロスケは直ぐに反応し、砂場のあちらこちらや、食べ残しの大根などを嗅ぎ回った。さらに納屋の隅においてあったらくだの鞍の臭いをしきりに嗅いだ。

「よいか、クロスケ、らくだがどこへ連れていかれたか、追ってみよ」

小籐次の言葉を理解したか、駿太郎に引き綱を握られたクロスケが迷わず長屋門の外に出た。そして、横川と源森川の合流部に向って歩き出した。

「船には乗せられなかったとみゆるな」

小籐次は、いきなりらくだが船に積み込まれたら、いくら鼻が利くクロスケでもその臭いを辿ることはできまいと案じていた。

だが、クロスケは、百姓家の前の土手道の地面をくんくんと嗅ぎながら力強い足取りで歩いていった。

ついに横川と源森川の合流部にやってきた、西に向えば大川だ。だが、クロスケは、南に向かって伸びる横川へと小籐次と駿太郎を引っ張っていった。

横川は大横川のことで、北は業平《なりひら》橋から南の石島町の大栄《だいえい》橋付近までを称し、全長一里川幅二十間あった。後年竪川《たてかわ》に対し、ただ単に横川という名が定着した。

クロスケの自信たっぷりの足取りが業平橋で止まった。

河岸道から土手下に下りたり、橋の上に戻ったりしていたが、訝《いぶか》しそうな顔付きで駿太郎を見た。

「父上、どうしたことでしょう」

「らくだ盗人どもはこの業平橋に船を待たせていたのだ。ここから船に乗せてどこぞへと運んでいった」

「クロスケの鼻でもダメですか」

「船に乗せられたらくだは流れる水に臭いを残さぬからな、いくらクロスケでも万事休すだ。もはやこの先は秀次親分らの出番だな」

小籐次の返事に駿太郎は残念そうな顔を見せた。

「致し方ないわ。望外川荘に戻ろうか」

駿太郎とクロスケはそれでも逡巡していたが、致し方なく須崎村へと戻り始めた。

「父上、らくだは船で遠くに運ばれたのでしょうか。もう両国広小路の見世物として姿を見せることはありませんか」

駿太郎の問いに小籐次は沈思した。

「いや、らくだ盗人どもは藤岡屋由蔵にらくだを返す代わりに二百両を要求しておる。ということは江戸の外には出ていまい。いや、あの大きならくだを遠くまで運ぶ船はこの横川には入りきらぬ。とすると、らくだは大川の東側の本所から小梅村のどこか第二の住処《すみか》に連れていかれておろう」

「ならば、朝稽古が終わったらクロスケといっしょにこの界隈に戻り、らくだを探して歩きます」

と駿太郎が言った。

小籐次は、

「無理するでないぞ」

と許しを与えた。その上で、

「駿太郎、らくだは一日に何十貫もの大根やら蕪やらを食らうと聞いた。らくだを盗んだ連中は餌集めに苦労しているはずだ。その辺を考えて探してみよ」

と小籐次は、駿太郎に助言した。

望外川荘に戻ると駿太郎は急いで仕度されていた朝餉を食し、弘福寺の道場へと走っていった。

創玄一郎太と田淵代五郎は、通いの折は望外川荘に顔を見せずじかに寺道場を訪ねる慣わしになっていた。駿太郎が弘福寺の本堂に走り込み、

「遅れました、すいません」

と詫びながら階《きざはし》を上がって寺道場に入ると、一郎太、代五郎、それに寺の倅の智永の三人が体を解《ほぐ》していた。

「どうした、駿太郎さん、朝寝坊か」

智永が駿太郎に質し、駿太郎は見世物のらくだが盗まれた経緯を三人に話した。

「なに、大評判のらくだを二頭盗んだ奴がいるって。なんのためだ」

と智永が訝った。

駿太郎は子どもながら、らくだ盗人が二百両の金子を見世物の興行元に身代金として払えと命じてきたことを話すのは、探索のためによくないと思い、口にしなかった。

「駿太郎さん、それでらくだ探しは諦めたか」

「いえ、朝稽古が終わったらクロスケと再び探し始めます」

「よし、おれもその遊びに付き合おう。暇を持て余しているからな」

智永が駿太郎に言った。

四

その刻限、小籐次は小舟でいつものように大川を下って、両国橋に差し掛かっていた。

まだ朝の間ゆえ、両国西広小路の見世物小屋はやっていなかった。だが、昼近くになっても、あのらくだ見物の大勢の人びとが集まることはあるまい、と小籐次は興行元藤岡屋由蔵の落胆した顔を思い出していた。

本日も芝口橋の久慈屋の店の隅か、川端柳の下に研ぎ場を設けるつもりで船着場に小舟を着けた。すると昨日遅くまで難波橋の秀次親分の探索に付き合った荷運び頭の喜多造が小籐次を迎えた。

「喜多造さん、昨夜は遅くまで付き合いご苦労でしたな」

「いえ、ふだんの仕事と違い、面白うございましたよ」

「その普段の仕事に差し支えぬか」

「いささか寝不足ですが大したことはありませんや」

と喜多造が笑った。

小籐次が船着場から川端柳の植えられた御堀端の道に上がると、柳の下に研ぎ場が設えられていた。手代の国三がやったことだろう。

すでに久慈屋の奉公人たちは店の内外の掃除を終え、仕事が始まっていた。

帳場格子に若旦那の浩介と大番頭の観右衛門の姿があって、奉公人たちがそれぞれ働いていた。

小籐次は研ぎ場に座る前に浩介と観右衛門に、

「昨日は喜多造さんを夜遅くまで付き合わせてしまい、相済まぬことでした」

と詫びた。

「最前、難波橋の秀次親分がお詫びに見えましたよ。それでね、赤目様が見えたところに顔を出すそうです」

観右衛門が応じるところに秀次親分が姿を見せた。

「親分、上方からくだに従ってきた時次郎と李作の二人が泊まっていた柳原町の旅籠では、なにか手がかりが得られたかな」

小籐次の方から聞いた。

「いえ、それがね、やはり半月ほど前に上方に戻ったきりというんですよ、取りつく島もない返答でね」

「やはり上方に戻ったのであろうか」

「ただ、徒歩で東海道を戻ったのか海路なのかも漠然としていましてね。江戸にあるとき、二人はよく出歩いていたというんです。なんとなく木崎屋の番頭の返事も釈然としませんでね。それでこれからもう一度川向こうに渡って、聞き込みをやり直します」

秀次が言った。

「昨晩は遅かったからな」

と応じた小籐次は、駿太郎が言い出してクロスケを伴い、百姓家から消えたら

くだの臭いを探らせたことを告げ、

「親分、苦しまぎれの素人の知恵だ。なにしろ藤岡屋の落胆ぶりが目に焼き付いてよう眠れなかったでな、そのせいで余計なことまでしてしまった」

と言い足した。

「ほう、クロスケの鼻に頼りましたか。で、どうでした」

秀次親分が関心を示した。

「それがな、クロスケは横川の北端付近までわれらを引っ張るように連れていった。おそらくらくだの臭いのあとを辿ってのことと思える。だが、それもぱたりと止まった。業平橋の河原付近であちらこちら嗅ぎまわっていたが、それ以上は分らぬ様子でな、われらの顔を見ておった」

「業平橋に泊めていた船にらくだは乗せられましたかな」

「われらもそう考えた」

「ということはらくだの扱いに慣れた者の仕業と決めてよいでしょうな」

難波橋の秀次親分が時次郎と李作を念頭に置いた表情で言った。

「江戸にらくだの扱いに慣れた者はおるまいからな」

と応じた小籐次は、駿太郎とクロスケは稽古が終わったあと、本所界隈を探して廻ることを伝えた。

「熱心ですな」

観右衛門が言い出した。

「らくだ見物でらくだに親しみを抱いたからかのう。ともかく藤岡屋に二百両の身代金を強請した連中だ。いくら船に乗せたとはいえ、らくだ二頭を遠くへ運んでいったとは思えないのだ」

「どこぞに一軒、らくだの隠し場所を用意していますかな」

難波橋の秀次親分も小籐次の考えに賛意を示した。

「よし、駿太郎さんとクロスケに負けないようにまず木崎屋から当たり直します」

少しばかり探索の目途が立ったせいで、張り切った秀次親分が手先の信吉と銀太郎を伴い、久慈屋から姿を消した。

「いつもとはお二人して勝手が違うようですな。なにしろ相手が生き物、らくだです」

観右衛門が言った。

「まあ、われら父子は余計なお節介じゃがのう。ああ、藤岡屋の由蔵さんに泣きつかれてはのう」

「巷の噂ではらくだの借り賃はかなりの金額と言いますでな、藤岡屋さんも必死でしょうよ」

観右衛門が同情の言葉を吐いた。

「わしは研ぎ仕事が本業じゃ、仕事に専念致そう」

「ならば、手代さん、赤目様の道具をな」

観右衛門が国三に命じていつもの日課が始まった。

昼前、久慈屋の仕事がひと区切りついたとき、空蔵が姿を見せた。

「おい、酔いどれ様よ、冷たいじゃないか。知り合いの誼《よしみ》ということもあらぁ。両国広小路のらくだの見世物が休みになっていることと、この前、興行元の藤岡屋の旦那が酔いどれ様に会いにきたのは関わりがあるんだろうな。おれが藤岡屋の旦那に聞いても『らくだは病です』の一点張りでよ、なんの愛想もねえや。一体全体どうなっているんだ」

「藤岡屋の由蔵さんがらくだが病というならば、そうであろう。人も生き物も病には勝てまい」

「おかしい」

と空蔵が言った。

「なにがおかしい」

「あれだけ流行っていた見世物でよ、らくだも元気そうだったじゃないか。ばりばりと大根や蕪を食っていたじゃないか。それが病というのはおかしいや」

うむ、と空蔵の言葉に小籐次は思った。その思い付きとは関わりのない言葉を吐いた。

「わしにどうしろというのだ」

「だからさ、この前よ、藤岡屋の旦那が酔いどれ様の知恵を拝借に来たんじゃないか。見世物が急に休みになったわけを承知していようが」

「わしは知らぬと答えるしかできぬ。どうしても知りたいのならば、難波橋の親分に聞いてみたらどうだ」

小籐次は秀次が川向こうに探索に行っているのを承知で空蔵を唆《そそのか》した。

「よし、親分にあたってみるか」

空蔵が芝口橋を渡って人混みに姿を消した。

「国三さん、済まぬが研ぎ場を片付けてはくれまいか。空蔵さんが戻ってくる前にこの場から消えておきたい」

　小籐次は国三に声をかけた。

「それは構いませぬが、大番頭さんが昼餉を赤目様といっしょにすると台所でお待ちですよ」

「研いだ道具はこちらの布に包んである。大番頭さんに、ちと思い付いたことがあるゆえ、挨拶もなしに失礼すると伝えてくれ」

　小籐次は空蔵が戻ってくる前にと急いで船着場に舫った小舟に飛び乗り、舫い綱を外すのももどかしく御堀を築地川へと下って行った。

　小籐次が昼餉もせずに向った先は、大川河口左岸の蛤町《はまぐりちょう》裏河岸だ。目当ての野菜舟に角吉《かどきち》はいた。そして、姉のうづが赤子を負ぶって立っていた。

「あら、赤目様、昼の刻限に珍しいわね」

　とうづが小籐次に話しかけた。

「間に合ってよかった」

　小籐次が呟いた。

「なにが間に合ってよかったの」

「そなたらだ」

「へえ、赤目様、野菜ならもう売り切れちまったぜ」

弟の角吉が言った。元々のこの野菜舟の主は姉のうづだった。うづの実家は中川の東岸の平井村だ。あの辺りで採れる野菜を小舟に載せ、堅川から横川を抜けて深川の仙台堀から蛤町裏河岸へとほぼ一里半の水路を一刻ほどかけて通ってきた。新鮮な野菜と丁寧な商いで馴染み客の信頼を得ていた。うづが曲物師《わげものし》万作の倅太郎吉と所帯を持ったために弟の角吉が受け継いだのだ。

「野菜を深川から本所にかけて大量に仕入れるとしたらどこに行けばよい」

うづも角吉も小籐次を訝しげな表情で見た。

「野菜売りに商い替えか」

と角吉が言い、

「赤目様、事情を説明して。そうしなければ分らないわ」

とうづも口を揃えた。

「おお、そうじゃな、わしが悪かった。だがな、この話、他所《よそ》にはしばらく黙っていてくれぬか」

小籐次の真剣な顔に姉と弟が頷いた。

「そなたら、両国広小路でらくだなる生き物が見世物になっているのを承知か」

「すごい人気ですってね。この界隈の人で見に行った人が何人もいるわ」

「おれも見たい」

と二人が小籐次に答えた。

「それがな、らくだが盗まれたのだ」

と前置きした小籐次は驚く二人に経緯を話した。

「そりゃ、大変だわ。興行元の旦那は必死よね、それで赤目小籐次様に頼ったの」

「いささか縁があってな」

と答えた小籐次が、

「さて肝心のわしの問いだ。らくだという生き物、一日に大根やら蕪やら青物や果実などを何十貫と大量に食べるのだ。盗んだ奴らもらくだを生かしておかねばなるまい。となると毎日、沢山の野菜、果実を買い集めねばなるまい。らくだが盗まれたのは小梅村に借り受けた百姓家だ。わしらは、らくだがそう遠くに運ばれてはいないと思うておる」

「ああ、分ったわ」

うづがようやく理解が付いたように応じた。

「そうか、赤目様はおれたちに野菜を卸すところを知らねえかと聞きに来たのか」

「そういうことだ、角吉」

姉と弟が顔を見合わせ、しばらく考えた。そして、うづが言い出した。

「赤目様、私たちのような野菜舟が商いになるのは、大川の東側、深川、本所、小梅村付近には八百屋がそうないからなの。むろん横川と竪川の交わる界隈には何軒かあるわよ。武家屋敷があるし、町屋もある。でもね、仕入れは川向こうの青物市場よ。こちらには青物市場なんてないもの。らくだ二頭が一日に食べる青物が何十貫というならばこちらで青物を仕入れるのは大変かもね」

「と言ってよ、姉ちゃん、江戸で青物を大量に仕入れればお金がかかるぜ」

「そうよね、らくだを盗んだはいいけど、その人たち、えらく厄介なことになっているのと違うかしら」

姉と弟の意見だった。

「らくだがよ、腹を空かせてなきゃあいいけどな」

これが角吉の最後の意見だった。

その刻限、駿太郎と智永は、クロスケを連れて業平橋に立っていた。

昨日、クロスケがらくだの住処の百姓家から迷わずに歩いてきて止まった場所がこの業平橋だった。

「駿太郎先生よ、らくだが船に乗せられたと赤目様は言うんだな」

剣術の師匠に対して智永は敬称付きで呼んだ。勝負に負けて十一歳の駿太郎の弟子になったのだから致し方なかった。

「はい、智永さんの親父様の和尚さんも犬は人よりも鼻が利くっていわれましたよ」

「親父の話が当てになるものか」

「だけど、クロスケは住処からここまで私たちを連れて来ましたよ。それが急にクロスケが迷ったのは船に乗せられて臭いが地面につかないからだと、父上は考えておられます」

「そうか、酔いどれ様もそう考えたか。ならばさ、横川沿いにまず河岸道を歩いていこうじゃないか、らくだが船から下ろされたところに行き合えばクロスケが気付くだろうからな」

智永が横川沿いに北から南へと辿り始め、クロスケの引き綱を手にした駿太郎も続いた。

智永は、お寺の嫡男とも思えない着流しの形で、総髪に菅笠をかぶっていた。

一方、駿太郎は稽古着の帯に実父須藤平八郎の形見の脇差を差していた。その二人がクロスケを連れているのだ。なんとも正体の知れない二人組だった。

クロスケは、なんとなく気配で自分の使命を感じたらしく、河岸道のあちらこちらに小便をするついでに臭いを嗅いでいた。

「智永さん、お坊さんにならないの」

「貧乏寺の後継ぎか、できりゃ願い下げだな」

と智永があっさりと答えた。

「じゃあ、なにになりたいの」

「それがな、思い付かないのさ」

と答えた智永が、

「駿ちゃんよ、おまえは赤目小籐次の後継ぎになるのか」

と反問した。

「父上は赤目小籐次です。でも、私は赤目小籐次にはなれません」

「だよな。なんたって一人でよ、西国大名四家相手に喧嘩してよ、勝っちまった爺様だもんな。あの爺様を超えるのはだれにも無理だ」

「はい」

「じゃあ、どうするんだよ」

「まだ考えていません」

「おれといっしょだ」

「でも、私には剣術があります」

「そう、おまえも十一にしては強いもんな」

犬を連れた二人はいつの間にか法恩寺橋に差し掛かっていた。すると橋の袂《たもと》に若い連中が屯《たむろ》していた。荷足り船の船頭連中だろう。

「おい、智永、館山の寺を追い出されたんだって」

と中の一人が智永に声をかけてきた。体が大きく、継ぎの当たった仕事着の裾をまくっているので褌《ふんどし》が見えた。

「己之吉さんか、坊主修行は嫌だからな」

「へえ、博奕に嵌《はま》って叩き出されたって噂だぜ。なんだ、犬の散歩か」

「いささかわけがあるんだよ」

「なんだ、侍の子どもを従えてよ」

己之吉と呼ばれた男が駿太郎を見た。クロスケが男を見て吠えた。

「生意気な犬だぜ、叩き殺して食ってやろうか」

己之吉が荷足り船から河岸道に上がってきた。

「己之吉と申すか」

駿太郎が尋ねた。

「おや、てめえ、貧乏寺のばか倅の仲間にしちゃあ、一丁前の侍のような口を利くじゃねえか。犬といっしょに横川で水浴びするか」

と腕をまくった。

「己之吉さんよ、止めといたほうがいい。ただの子どもじゃないからな」

「北割下水の御家人の餓鬼か」

「そうじゃないよ。親父様がまずいよ」

「親父がまずいってどういうことだ」

「名を聞いてみな」

と智永が己之吉を唆した。

「親父の名がこの横川の己之吉を驚かすってか。名はなんだ、てめえの親父はよ」

「赤目小籐次です」

駿太郎の答えに、已之吉が、ごくりと唾を飲み込む音を立てて、

「あぁ、こ、こりゃまずいや」

河岸道から荷足り船へと飛び戻っていった。言葉遣いも形もいささか怪しいが人柄はそう悪くないらしい。

智永がにやりと笑って、

「駿太郎ちゃん、こいつらに例の一件、聞いてみようか。船で運ばれたんならこいつらの耳に必ず入るぜ」

と駿太郎に尋ねた。

「いえ、あの件はまだ秘密です。父上や難波橋の親分さんの許しがなければ他人に話すことはできません」

駿太郎が許しを与えず、

「クロスケ、行くぞ」

と声をかけて秋空の陽射しの下、らくだの臭いを探す仕事を再開した。

「それにしても駿ちゃんの親父の名は効くな、あの乱暴者の已之吉が名を聞いただけですっ飛んで逃げたもんな」

智永が嬉しそうに笑った。
らくだ探しは未だ始まったばかりだった。

第三章　らくだ探し

一

小籐次は、経師屋の根岸屋安兵衛の仕事場を訪ね、仕事をさせてもらった。

安兵衛親方が、

「このところ酔いどれ様はうちにご無沙汰だ」

とぼやいていたとうづが教えてくれたからだ。そこで根岸屋を訪ね、日頃の無沙汰を詫びて仕事を頂戴した。道具を小舟に運んできて、秋の陽射しの下で研ぎ仕事を一刻半ほど続けた。

研ぎ上がった道具を根岸屋に持ち帰り、親方に渡すと、

「うちの道具はまだ残っているぜ。それに魚源の永次親方も酔いどれ様の到来を

待っているぜ」

と教えてくれた。

「明日は朝からこちらにお邪魔し、魚源へも顔を出そう」

と約束して七つ半（午後五時）過ぎに小籐次は店仕舞した。

小舟を深川の堀伝いに東に向けて富岡八幡宮の北側を木場へと抜け、横川の大栄橋に出た。

横川を選んだのは、らくだのことを考えたからだ。横川の東岸は町屋が薄く続き、その背後は武家地が広がっていた。とてもらくだがいるようには思えない。それでもゆっくりと小舟を進めながら、らくだのいそうなところを水上から見て、竿をゆっくりとさした。

小名木川と横川が交差する扇橋に差し掛かろうとしたとき、船会所の前から駿太郎の声がした。

「父上」

駿太郎の声に合わせて、クロスケが、
わんわん
と吠えた。

傍らでは弘福寺の倅の智永が、疲れたのか猿江橋の袂に足を投げ出してへたり込んでいた。

小籐次が船会所へと小舟を着けると、

「助かった」

と言いながら智永が真っ先に小舟に飛び込んできて、駿太郎とクロスケが続いて乗り込んできた。

「足が棒になっちまったぜ。一生分歩いたよな、駿ちゃん。らくだのらの字もないしさ、腹は減るし、気は滅入るしよ」

智永はうんざりとした声を上げた。

「らくだは見つからぬか」

「本日は横川の東側を丁寧に探して廻りましたが、らくだが二頭飼えそうな家は見つかりません。それにクロスケもらくだの臭いを感じないようで静かでした」

「そうだな、横川より東側の奥、砂村新田、八右衛門新田、大嶋村、猿江村、亀戸村辺りに行かぬと、らくだを飼える家は見つかるまい」

駿太郎の報告に小籐次が答えた。

「父上、竿を代わりましょう」

駿太郎は小籐次に代わって竿を握り、小舟を北へと向けた。

小籐次は腰の次直を抜いて傍らに置き、胴の間に腰を下ろした。

舳先には智永がだらしなく座り込んでいた。

「明日はそちらを探します」

「えっ、駿ちゃん、明日も探すのか」

「智永さん、らくだが見つかるまで続けます」

「おれは遠慮しよう」

智永があっさりと言った。

「それはなりませぬ」

「なぜだ」

「智永さんは駿太郎の弟子です。師匠の命には逆らえません」

くそっ、と智永が罵り声を上げた。

「それよりなにより博奕よりらくだ探しのほうが人の役に立ちます」

「おい、駿ちゃん、らくだを探し当てるとき、だれかが金を呉れるのか」

「いえ、そんな約束はありません」

と答えた駿太郎が小籐次を見た。

「ないな」

駿太郎の言葉を小籐次は裏付けた。その足元では、智永と同じようにクロスケが寝そべっていた。こちらも半日のらくだ探しに疲れたのだろう。

「金ももらえないのにらくだ探しをしてなににになるんだ」

智永がだれともなく尋ねた。

駿太郎が小籐次をまた見た。

「智永、らくだ見物を楽しみにしておる人が大勢いるのだ。そのらくだが盗まれた。らくだを探し当てれば江戸の衆が喜ぶではないか」

「見世物の興行元も喜ぶよな。そこから金は出ないのか」

「藤岡屋由蔵さんはそれどころではあるまい。らくだの借り賃は容赦なく取り立てがくる、その金子を支払わねばならない。だが、らくだがいなくなって見世物はできない。となれば、見物料は入ってこない。そんな人間に探し代を出せなどと言えるものか」

「世の中、すべて銭金だぜ」

「坊主の倅がいう言葉ではないな」

「だってよ、銭がなければ何一つ買えねえし、まんまも食えないしよ、見世物だって見られないぜ」

「まあ、そなたの申すとおりだな。ゆえにわしは毎日研ぎ仕事をしている」

「酔いどれ様、包丁を一本研いでいくらだ」

智永の口は疲れていないのか、あれこれと小籐次に聞いてきた。

一方駿太郎は半日智永と付き合って、どことなくうんざりしていた。

「およそ四十文だな」

「一日何本研ぐのだ」

「十数本の注文を頂戴することもあれば、三本の時もあるな」

「驚いた」

と智永が言った。

「驚いたとはどういうことだ」

「それじゃあ、職人の日当にもならねえや。ああ、そうだ、酔いどれ様は去年よ、六百両もの大金をお上に寄進したんだってな。うちの寺なんて一年で賽銭箱に一両と入らないぜ。どうやったら、そんな儲けが出るんだよ」

智永はだれからか寄進話を聞かされたようだ。

「智永、そなた、よほど金に困っているようだな」

「ああ、うちの寺に金があった例《ためし》がないものな。少しでもお布施が入ると親父の酒代に替わってよ、餓鬼のころからいつも腹を減らしていたぜ」

「智永さん、苦労してきたんだ」

駿太郎が智永の境遇に気付き、同情の言葉を吐いた。

「ちえっ、子どもに情をかけられるようじゃあ、向田智永も終わりだな」

智永はそう答えたが、深刻な顔はしていなかった。

「智永、食いものがない折はうちに来い。飯くらいなんとかなる」

小籐次の言葉に智永が、

「えっ、望外川荘に顔出ししていいのか」

「その代わり明日も駿太郎に付き合い、らくだ探しを最後までなせ」

「見つからないかもしれないぜ」

「それならば致し方ない。最後までやり遂げることが大事なのだ」

小籐次の言葉に智永が黙って考えていたが、

「研ぎ料が四十文、それでいてよ、望外川荘なんてところに住んでよ、きれいな嫁さんまでいる。酔いどれ家の内証はいったいどうなってんだ」

と首を捻った。

小名木川と交わる扇橋、猿江橋を潜り、菊川橋を越えた。すると東側に猿江村など畑作地が見えてきた。

小籐次がそちらを見ている視線に気付いた智永が、

「あの辺も歩いたよ。だけどよ、なんの当てもない上に、らくだを探してますって、だれにも聞けないんだ。探すたって無理だよ」

と呟いた。

興行元の藤岡屋由蔵が、

「らくだが病にかかり、見世物は当分中止」

と言っている以上、

「らくだが行方知れずになって探しているんだが知らないか」

とは聞けなかった。

クロスケの鼻だけが頼りの捜索だ。

「このらくだ探しが難儀とはわしも承知だ。智永、それだけにやりがいもあるぞ。駿太郎とそなたがらくだを見つけた暁には、藤岡屋の旦那に見世物を無料で見るのを願ってやろう」

「酔いどれ様、おれたちがらくだを探し当てるということはよ、らくだをすでに承知ということだよな、そんならくだを見ても腹の足しにもならないぜ」

「だが、らくだがそなたら恩人にあって喜ぶかもしれんぞ、それも功徳《くどく》の一つと思わぬか」

「うちの親父みたいなことを言い出したな」

小籐次の小舟はいつしか竪川と横川の交差する南辻橋、北辻橋をぬけていた。

「おい、貧乏寺の智永よ、帰りは舟か。いい身分だな。最前は忘れていたが、おまえに二朱の貸しがあったよな。払いな」

声を掛けたのは荷足り船の船頭の已之吉だ。荷足り船を駿太郎の小舟の行く手を塞ぐように止めた。仲間が河岸道から見ていた。

駿太郎は致し方なく小舟を止めた。

「いつの話だ、だいいちおれの懐はからっ尻《ちり》だよ」

「おめえら、なにをしてんだ、今日どこかでよ、銭を稼いできたんじゃないか」

「らく……だめだ。仕事じゃねえよ」

「ならば、なんで小舟なんて乗ってんだ」

「偶《たま》さか会ったんだよ」

「だれによ」

智永が破れ笠を被った小籐次を黙って指した。

「何者だ」

「研ぎ屋だよ」

「研ぎ屋だと、知り合いだな。ならば、その爺から二朱借り受けねえ」

「止めたほうがいいよ、己之吉さん」

河岸道の上に屯する仲間の中には小籐次に気付いた者もいた。だが、この結末を見たいのか、だれも己之吉に赤目小籐次とは教えなかった。

「なぜだ」

「竿を差しているのはだれだった」

智永が己之吉に質した。

「小わっぱか、赤目なんとかという名だろ」

「覚えていたんだ、そのとおり」

「そのとおりたあ、なんだ。なにがなんでも二朱は頂戴するぜ」

「このお方からか」

智永が小籐次を見た。

「だれの銭でも銭は銭だ」

「酔いどれ様、已之吉がそう言ってます」

智永の言葉に小籐次が破れ笠の縁を上げた。

「なんだと、あの小わっぱの親父なら、もっと若いだろうが。小舟に乗っている
のはただのおいぼれ爺じゃねえか」

「已之吉」

と年かさの仲間から声がかかった。

「なんだ、園吉さんよ」

「そのお方が江戸で名高い酔いどれ小籐次様こと赤目小籐次様よ」

已之吉の両眼が見開かれ、

「じょ、冗談だろ」

「大名四家を向こうに回して戦を制した赤目小籐次様だ、須崎村にお住まいなん
だよ」

わあっ！

已之吉が叫ぶと急いで竿を摑み、水路を空けようとした。

小籐次の破れ笠に掛かっていた手が竹とんぼを抜き、指で捻り、虚空に飛ばし
た。

河岸の柳に向って飛んだ竹とんぼがしだれた枝葉に接近して、竹の刃がぱらぱらと切り落として水面に散らした。それでも竹とんぼは回転を緩めず、己之吉の顔の前を掠めて、小籐次の手に戻った。

ああー

と叫んだ己之吉が、どさりと荷足り船の艫《とも》に腰を落とした。

「駿太郎、己之吉と話がしたい。小舟をつけよ」

駿太郎が小籐次の命に荷足り船の己之吉近くに小舟を寄せた。

小籐次は荷足り船の大きさからして己之吉の仕事は本所深川界隈の荷を運ぶ仕事と推測した。ということはどこの屋敷でも百姓家でも入っていき、その家の事情を承知していると考えた。

「し、しらなかったんだよ。酔いどれ小籐次が、いや、赤目様がこんな爺様とはよ」

「駿太郎の実の父親ではないでな。そなたがいうようにいささか爺だ」

「わ、悪かった」

己之吉が荷足り船の中で正座をして頭を下げた。

「これ、己之吉、それではわしがそなたをいじめているようではないか。顔を上げよ」

「き、斬らねえな」

「赤目小籐次は無暗《むやみ》に人を傷つけたりはせぬ。おまえに頼みがある、耳をこちらに寄越せ」

「な、なんだ」

「そなた、智永に二朱の貸しがあるのか」

「昔の話だ、忘れてもいい」

「いいや、貸し借りははっきりとさせたほうがよい。もっとも智永は全く銭を持ってないことも確かだ。そなたがわしの頼みを果たしてくれたら、わしが智永に代わって支払おう」

「頼みってなんだ」

小籐次は己之吉だけに聞こえる声で、この界隈で急に大根や芋や蕪を買い求める家がないか、探してくれぬか、と願った。

「なんでそんなことを知りたいんだよ」

「曰くを告げぬと動けぬか」

小籐次はらくだがいなくなった事情だけを告げた。

「え、あの両国広小路の見世物のらくだが盗まれたか」

小籐次は、駿太郎と智永にクロスケだけで横川の東側を探すのでは日にちがかかると思った。らくだの行方知れずは、日にちとの戦いでもあった。己之吉の形と態度を見たとき、さほどの悪ではあるまいと思った。ゆえに味方に引き入れたのだ。

「これは手付けだ」

小籐次は一朱を己之吉に渡すと、駿太郎に小舟を出せと命じた。

小舟が法恩寺橋を過ぎたとき、

「酔いどれ様、おれの借財を己之吉に払ってくれるのか。おれ、借りた覚えがないのだぞ」

「金の貸し借りとはおよそそのようなものだ。借りたほうは忘れ、貸したほうは覚えておるものよ」

小籐次の言葉に智永が不満そうな顔をした。だが、舳先から身を起こし、

「己之吉になにを頼んだ」

と聞いた。

「そなたが真人間になるように見張りを頼んだ」

「そ、そんな、あいつの方がおれより断然悪だぜ」

「そうは思わぬな」

己之吉は荷足り船で働き、暮らしを立てていた。一方、智永は、寺の修行さえ数年もしないうちに諦めて博奕に走った男だ。どちらが信頼できるといって断然己之吉だ。

「あいつがおれの見張りだと」

智永が不満そうな顔をした。

「智永さん、となると明日はもっと頑張ってらくだを探しましょう」

「己之吉もついてくるのか」

「あの者には仕事がある。あやつなら、そなたの傍におらずとも、そなたの所業くらい摑んでいよう」

智永が黙り込んだ。

駿太郎は、父が己之吉に頼んだのは智永の見張りなんかではない、らくだ探しだと思った。

(己之吉と競争だぞ、あしたこそ見つけなければ)

「父上、智永さんを今晩うちの夕餉に誘ってはなりませぬか」

駿太郎の言葉に、
ええっ
という顔で智永が小籐次を見た。
「一人ふたり増えたところでおりょうは驚くまい」
「おお」
と智永が歓声を上げた。

二

小籐次は、この日も深川に行き経師屋の根岸屋安兵衛親方の研ぎ残しの道具の手入れをした。この仕事が昼前に終わり、魚屋の魚源へと回った。

魚源は、深川一帯では一番大きな魚屋であり、棒手振り《ぼてふ》らに卸もする魚問屋でもあった。ために仕事はいくらもあった。

「おい、酔いどれ様よ、だいぶお見かぎりだな。偶にはうちまで足を延ばしても、損はあるまい」

「親方、相すまぬことであった。こちらを避けたわけでもなんでもござらぬ。ただ……」

「おっとその先は口にしなくてもいいぜ。おまえさんの忙しさは並みじゃねえもんな」

永次親方が苦笑いし、大量の道具を研ぎに出してくれた。

「親方、こりゃいくらなんでも今日じゅうに済ますことはできない」

「だから、明日も朝からうちにくるんだよ」

「相分った」

小籐次は魚源の前の堀に泊めた小舟に道具の一部を持ち込み、研ぎ仕事を始めた。

秋の深まりとともに水面をわたる風に冬の気配が見え始めていた。そして初秋のぎらぎらした光が消えて穏やかさが見えた。

小籐次が堀の水に手をつけると、なんとなく冷たく感じられた。

仲秋の長雨と大風の影響が堀やこの界隈のそこここに残っていた。だが、暮らしはふだんのそれに戻っていた。

小籐次は、魚屋が使い分ける包丁の数々とひたすら格闘した。

いつの間にか陽射しが西に傾いていた。

そこへ舟が近づいてきて、難波橋の秀次親分が姿を見せた。

「あちらこちら探しましたぜ」

秀次がぼやいた。

「それは相すまぬな。らくだが見つかったか」

秀次が首を横に振り、

「らくだ盗人め、らくだを返す代わりに二百両の身代金の受け渡し場所を指定してきました。明夜暁七つ(午前四時)、日吉山王大権現の拝殿前に置けと言ってきたそうです。文が届いたのは、先日と同じ、らくだがいなくなった百姓家ですよ」

日吉山王大権現は、久慈屋の前を流れる御堀の上流の溜池を眺め下ろす北側にあり、祭神は大山咋神《おおやまくいのかみ》、ただ今でいえば日枝神社だ。

「ほう、いよいよきたか。藤岡屋の由蔵さんはどうしておられるな」

「行く気です。そのために今日じゅう金策に走り回るといわれています」

「二百両を持参するつもりか」

「一応そうするようです」

「らくだが無事だとよいがな」

小籐次は、駿太郎がクロスケを連れてらくだ探しをしていることを告げた。

「クロスケの鼻だのみですか」

「そういうことだ。一度触れあっただけの縁だが、らくだが不憫でな」

「はるばる遠い異国まで連れてこられて、拐《かどわか》しに遭うなんて考えてもいますまい。もっともらくだがそんなことを考えるかどうか」

「親分、上方の連中の姿も摑めぬか」

「藤岡屋は、上方に戻った連中を探しても致し方ないというていますがね。ともかく藤岡屋が頼りにしているのは、酔いどれ様なんですよ。わっしらも山王大権現に今晩から潜んでいますが、藤岡屋は酔いどれ様に同行願えないかと、わっしに頼まれたんです。わっしらも藤岡屋に赤目小籐次様が従ってくれると、心強いのですがね。みすみす二百両を盗られたくはない」

小籐次はまた仕事がやりかけになるな、と思ったが行きがかり上、致し方ない。

「親分、わしはこれから須崎村に戻り、駿太郎らの首尾を聞いた上で親分の家に今晩四つの刻限までにいこう。それでは遅いかな」

「いえ、結構です」

難波橋の秀次親分が小籐次の言葉を受け入れて戻って行った。

小籐次は研ぎ上がった道具を持って魚源に行くと、永次親方が、

「また厄介ごとを抱え込んだようだな」

と難波橋の秀次親分が来たことを承知かそう言い、さらに尋ねた。

「こんどの厄介ごとはなんだ」

「それがな、言えぬのだ」

しばし小籐次の顔色を窺っていた永次が、

「おれが当ててみせようか。両国広小路の見世物が突然休みになったことと関わりがあるんじゃないか」

とずばり言った。

「親方は八卦見《はっけみ》もなさるか」

「いやね、この界隈からもらくだ見物に行った奴がさ、見世物はらくだが病で休みだと帰ってきてね。それにしても前日まで元気だったらくだが二頭いっしょに病に掛かるわけもないやね。らくだの世話方がさ、小梅村から居なくなったせいだと話しているのをこの界隈の人間が小耳に挟んだというんだがね。なんとなく酔いどれ様が関わっているような気がしてな」

「そうなのだ。われら一家でらくだ見物に行ってな、その折、興行元の藤岡屋の

旦那と知り合ったのだ。らくだが居なくなったあと、なぜか旦那がわしに頼ってきてな」

「おれの推量もまんざらじゃねえか」

「らくだは体の大きな生き物だ。小梅村からそう遠くないところに匿《かくま》われている

と思うのだがね」

「酔いどれ様、らくだを盗んだ奴らはなにをしようというのだ。興行元に嫌がら

せか」

「親方、そなたの胸に留《とど》めておいてほしい。らくだを返す代わりに藤岡屋は二百

両の大金を強請されている」

「驚いたね、らくだの身代金ね、初めて聞いたぜ。で、どうやって金とらくだを

交換するんだ」

小籐次は永次に言われて、はたと気付いた。

らくだを盗んだ連中は、日吉山王大権現にらくだ二頭を連れてくるわけではあ

るまい。となると、藤岡屋に従い、かき集めた二百両を持参して相手に渡したと

しても、らくだは藤岡屋の手にどうやって戻ってくるのか、あるいは金を渡しっ

放しか。藤岡屋の由蔵は、そんな不安があるゆえに小籐次の同行を願ったのだろ

う。

（わしが藤岡屋に従ったところで、なにかの役に立つのか）

と小籐次は疑心暗鬼に陥った。だが、難波橋の秀次親分に約束した以上、致し方ない。

「親方、明日こちらに来るのが遅れるかもしれぬ。だが、必ず参るでな」

小籐次は永次親方にそう約定して、早々に須崎村に戻った。

昨日と同じ横川沿いに須崎村に戻ったが、駿太郎ら一行には会わなかった。

「父上、お帰りなさい」

駿太郎とクロスケが船着場に小籐次を出迎えた。

「智永さんが足に肉刺《まめ》ができて歩けぬというので、つい最前戻ってきました。らくだは見つかりません」

「横川の東というても広いでな、なにか異変はないか」

「亀戸村辺りで干し柿にしたばかりの渋柿が盗まれるそうです。人がようやく手間暇かけて干し柿にしたものを盗むなんて、ひどい世の中になったと百姓衆がいうておられました」

「干し柿のう」

いったん望外川荘に戻った小籐次は、おりょうに事情を告げて夕餉を早々に済ますと破れ笠に仕事着、杖がわりに三尺ほどの棒切れを手に小舟でふたたび望外川荘を出た。藤岡屋の奉公人の爺様に化けたつもりだ。

おりょうが持っていけと勧めてくれた袖なしの綿入れが夜風から身を守ってくれた。

四つ前に難波橋の秀次親分の家を訪ねると、そこには藤岡屋の由蔵の疲れ切った顔があった。手にしっかりと風呂敷包みを握っていた。盗人らに要求された二百両の包みだろう。

小籐次は、由蔵に質してみた。

「らくだはどこで受け取れるのだな」

「ともかく二百両を日吉山王大権現に持ってこい、らくだは返すと書いてあるだけなんです」

「肝心のらくだを見ずして二百両を渡してよいのか」

「へえ、わっしらも考えたんですよ。ここは藤岡屋の旦那の頑張りどころだ、ともかく相手をわっしらの前に引き出してくれさえすれば、とっ捉まえてらくだの居場所を吐かせます」

秀次親分が請け合った。

「近藤の旦那にも相談して、山王大権現のあちらこちらにわっしらが潜んでいやす。藤岡屋の旦那と赤目様は、刻限どおりに来て下さい」

と言い残した秀次親分と手先たちが日吉山王大権現に向った。

小籐次と藤岡屋由蔵は、難波橋の秀次親分の家で時を潰した。

八つ(午前二時)の時鐘を聞いて、二人は動いた。

小籐次と藤岡屋の由蔵は、小舟で難波橋から御堀の上流へと漕ぎ上がって行った。

「らくだは無事ですかね」

由蔵が小籐次に同じ言葉を繰り返し聞いた。

「そう願うておる」

小籐次は駿太郎らの行動を藤岡屋の由蔵に告げた。

「赤目様の倅さんがね、らくだを探してくれていますか。あちらこちらに迷惑をかけちまったな」

藤岡屋由蔵は弱気になっていた。

「病で見世物は休みというても、あと二、三日しか持ちますまい。今晩、うまくいくといいんですがね」

小籐次は黙って頷いた。

御堀から溜池に入り、日吉山王大権現下の堀に小舟を泊めて、土手に付けられた段々を闇に隠れて二人は這い上がった。

溜池側に社僧十坊の円乗院らが並んでいた。

その傍らの道を伝い、山王大権現の境内に入った。

小籐次は藤岡屋の従者の体を装い、腰を曲げて杖をついて従った。

七つの刻限には未だ間があるはずだ。

拝殿に向いながら小籐次は闇の中から見詰める「眼」を意識した。

難波橋の秀次親分たちが見張る「眼」だろう。

藤岡屋由蔵は、拝殿の前で柏手を打ち、長いこと願っていた。むろんらくだが無事に戻ることを神様に祈っていたのだろう。

寒さが募った。

藤岡屋は寒さと不安と恐怖に震えていた。

時が緩やかに流れていった。

小籐次は、階に腰を下ろして由蔵と同じように震える体を装っていた。小籐次の武人の勘がなにかを認めた。

難波橋の秀次親分とは違った「眼」が加わったように思えた。

だが、それがらくだ盗人の「眼」かどうか分らなかった。

なにか話しかけようとする由蔵を手で制した。黙って待つしかないのだ。

二人はさらに待った。

空が白んできた。

難波橋の親分たちも静かに山王大権現の敷地から消えた感じがした。そして、もう一つの「眼」もいつの間にか消えていた。

小籐次は立ち上がり、由蔵に戻ることを伝えた。

由蔵はほっと緊張を解く気配を見せた。

小籐次は境内から出たときに相手が現れることが十分あると思っていた。だが、その気配はなかった。

溜池の小舟まで戻って来たとき、由蔵が、

「来ませんでしたね」

と言った。

「いや、来ておった」

と小籐次が答えた。

「えっ、ならばどうして姿を見せないんで」

「こちらの様子を窺っていたのだ」

小籐次は小舟を溜池の岸辺から離した。

「この間もどこからか見張っているかもしれぬ」

相手は最初から接触する気はなかったと小籐次は確信していた。

「どうなるんですかね」

「おそらく二度めは別の場所に呼び出すだろう。三度めも四度めもあるかもしれぬ」

「なんのためにです」

「そなたを焦《じ》らし、油断させるためだ」

ふうっ、と由蔵が長い溜息を吐いた。

「気持ちをゆったりと持つことだ」

「そんな気持ちになれませんよ、赤目様」

「相手だって大きならくだを二頭も抱え、早々に二百両を手に入れたいと思うておろう。だが、軽々に動くと捉まるかもしれぬと思うておるのだ。ここは双方の我慢比べだ。音《ね》を上げたほうが負けることになる」

小籐次は、溜池から流れ出る御堀の難波橋で由蔵を下ろし、秀次の家に送って行った。

「野郎、わっしらが潜んでいることに気付きましたかね」

一晩の張り込みが徒労に終わった秀次が小籐次に質した。

「いや、最初から藤岡屋の旦那に接触する気はなかったのではないか。町方の出方を見るだけであったと思う」

「というと、二度めの呼び出しがある」

小籐次は由蔵に告げた考えを親分に述べた。

「用心深い野郎ですね」

「かようなことに手慣れたようにも思える」

と答えた小籐次は、

「わしは深川の魚源で仕事を残しておるで参る」

と述べ、秀次親分の家を出た。

だが、藤岡屋の由蔵は気が抜けたようで、小籐次の辞去にも気付いている風はなかった。

小籐次は、深川の魚源の道具をいつもより細心の注意を払って研いだ。徹夜明けで神経が昂《たかぶ》り、散漫になっていたからだ。

昼餉を魚源で馳走になった。

「赤目様、なんだかいつもと違うな、疲れているようだぜ」

と永次が小籐次に言った。

「徹夜でな」

小籐次が昨晩からの話をした。

「赤目様よ、いくらおまえさんが『御鑓拝借』の武勇の士とはいえ、歳を考えねえな、無理はいけないぜ」

永次は当然のことを述べ、

「すまぬ。お得意様に心配をかけるようではならぬな」

「本日は早上がりしねえな」

と小籐次に言った。

駿太郎と智永は横川の東、小名木川の南に広がる八右衛門新田から砂村新田辺りをクロスケの鼻を頼りに歩いていた。だが、クロスケが反応を見せる様子はなかった。

南側は江戸の内海だ。

潮の香りが漂ってきた。

「駿ちゃんよ、随分と遠くに来たぜ。また肉刺が痛んできた。少し休ませてくれないか」

と智永が泣き言を言った。

今朝も、

「おれはダメだ、今日は歩けない」

と我儘を言ったが、

「智永さん、約定は守ってもらいます。駿太郎は師匠、智永さんは弟子なんですからね、師匠の命は絶対です」

と強引に連れ出してきた。そして、本日は遠いほうから小梅村に近付く作戦を駿太郎は立てた。

八右衛門新田の南外れに妙久寺があり、砂村川から参道が伸びていた。その途中で参道は東に分れ、稲荷社に通じていた。

「智永さん、寺と稲荷社のどちらで休むのがいいですか」

「寺はご免だ。稲荷社にしよう」

智永の言葉で二人とクロスケは小さな稲荷社に入っていき、稲荷社の狭い社地にあった木株に腰を下ろした。

クロスケも日蔭でごろりと横になった。

三

「駿ちゃんさ、らくだってほんとうにいるのか」

智永がぼやいた。

「だって私たち、両国広小路でちゃんと見ました。父上はらくだに挨拶されて触られました」

「そうじゃないよ。盗まれたらくだはよ、遠くへ船で連れていかれているんじゃないか、と言ってんだよ」

智永が苛立って言った。

「父上たちは、まだこの界隈にいると考えておられます」

駿太郎の返答もどこか弱々しかった。

「だって、どでかい生き物なんだろ」

「馬よりずっと大きいです」

「それが二頭も飼われていれば、だれかが見ていても不思議じゃねえよ」

智永は投げやりな口調で言った。

駿太郎は智永の言葉に返事ができなかった。

その時、腰の曲がった老婆が杖を突きながら稲荷社に入ってきた。そして、駿太郎らに気付いて、顔を上げて見た。

「見慣れない顔だな」

「この界隈の人間ではありません。須崎村の人間です」

駿太郎が答えた。

老婆は腰を伸ばして駿太郎を見据えながら、

「お狐様に上げる食いものを盗むのはおめえらじゃあるまいな」

と言った。

「お婆さん、私たち、お稲荷様のものを盗んだりしません」

と答えた駿太郎が、

「この界隈では盗みが行なわれているんですか」

「ああ」

と答えた老婆が皿に載せた稲荷ずしを稲荷社に捧げて、柏手を打った。

「おめえは侍の子か」

脇差を差した駿太郎に尋ねた。

「はい」

「なにしているだ、須崎村から遠くまできてよ」

老婆の問いに駿太郎は、盗まれたらくだを探してあるいていると、正直に答えた。

「なに、見世物のらくだが二頭も盗まれたってか」

老婆はらくだが見世物になっていることを知っているらしく応えた。

「はい。父上がらくだの見世物の人かららくだ探しを頼まれて、私たちも手伝っているんです」

「親父様は、侍か」

「はい。赤目小籐次といいます」

「なに、赤目小籐次だと、どこかの大名様相手に独りで喧嘩をした赤目様じゃあるまいな」

「その赤目小篠次です」

「へえ、驚いたな。確かに酒好きの赤目様が須崎村に住んでいると聞いたことがある」

「お婆さん、らくだを見たことはありませんか」

「話には聞いた、見たことはねえな」

八右衛門新田に住む老婆があっさりと答え、駿太郎に聞いた。

「らくだはなにを食うだ」

「大根とか蕪とか、青物ならばなんでも食います。私たちが見物したときは、山盛りの大根を食べていました」

老婆はしばらく考えていたが、

「その生き物が二頭か、餌を集めるのは大変だな」

とぽつんと言った。

なにか思い当たることがあるような顔付きだった。

「はい。異国から連れてこられたらくだがお腹を空かしてなければいいんですけど」

駿太郎の言葉に老婆が、

「おめえは優しいな、さすがに赤目小籐次様の倅だ。それに比べ」

とだらしなく足を投げ出して木株に座る智永を眺め、さらにクロスケに視線を移した。

「犬はなにするだ」

「クロスケもらくだと会っています。だから、らくだが居れば臭いで分るかもしれないと連れてきたんです」

「頭もええだ」

老婆が稲荷社から駿太郎の前に歩み寄って、

「近頃この界隈の畑が荒らされてよ、大根だろうが干し柿だろうが、なんだろうが盗まれるだ」

と言った。

「もしかしたら、らくだの餌にか、婆さん」

と智永が尋ねた。

「そりゃ、分らねえ。だがよ、盗みはこの数日前からだ」

駿太郎は老婆がらくだの居場所に目当てがあるのではないかと思った。

「お婆さん、らくだを飼うには大きな百姓家じゃなければダメです。らくだが密かに飼われている家に心当たりは有りませんか」

駿太郎の言葉を聞いた老婆がしばらく考え込んだ。

「はっきりとしたことは言えねえ。八右衛門新田の東によ、亀高村があるだ。その村の名主の治左衛門さんの倅が博奕に狂って女房も出ていき、田畑も屋敷も手放しただ。その家に近頃、怪しげな連中が出入りするだ」

老婆は東側の田圃の向こうにこんもりとした森があるのを指した。

夕暮れの光の中、見通しがよいのでずっと先まで見通せた。

「その家近くまで船で行けますか」

「ああ、治左衛門さんは百姓舟を持っていただ、砂村川と小名木川の間のどちらにも抜けられるように堀が通じているだよ」

「ありがとう、お婆さん」

「だがよ、怪しげな連中だ。気をつけていかねばあいつらはなにをするか分らねえだ」

と駿太郎に注意した。

「分りました」

老婆が稲荷社から去りかけ、駿太郎を見て、

「腹が減っていたら、お稲荷様の余り物を頂戴していいぞ」

と自分が持ってきた稲荷ずしを食べていいと言った。

「ありがとう」

老婆がよちよちと稲荷社から消えた。

「どうするよ、駿ちゃん」

「暗くなったらあの森に近付いてみます」

「え、こんなところで夜明かしするのか」

智永は尻込みした。

駿太郎はしばらく考えて言った。

「智永さん、一人で須崎村まで帰れますか。父上にこのことを知らせてくれませんか」

「駿ちゃんは一人で待つのか」

「クロスケがいます」

智永はこの場に残るのがいいか一人で須崎村へと帰るのがいいか、迷った末に立ち上がった。

「小名木川に出たら舟が往来しているかもしれません。母上から預かったお金がありますす。疲れたらこのお金で舟に乗せてもらうといいです」

駿太郎は智永には内緒にしていた金、銭百文を渡した。

「分った。待ってろよ、親父様を必ず連れてくるからな」

と言った智永は、お稲荷様に上げられた稲荷ずしを一個摘んで食べながら稲荷社を出て行った。

皿には二つ稲荷ずしが残っていた。

「クロスケ、もう少し我慢するのだ。そしたら二人でお稲荷様のお下がりを食べようか」

駿太郎はクロスケに言い聞かせると、今晩がらくだ探しの峠だと確信した。

智永は足を引きずりながら小名木川沿いを横川に向ってだらだらと歩いていた。

秋の陽射しが急速に傾き、三河吉田藩の抱屋敷を筆頭にいくつかの大名家の下屋敷の前を通り過ぎた。むろん表門も脇門も閉じられていた。

「駿ちゃんめ、遠くまで連れてきやがったぜ」

竿を水に差す音がして、荷船が智永を追い抜いていこうとした。

「おーい、船頭さん、乗せてくれないか」

「わしの船は荷船だ、人は乗せられねえよ」

すげない言葉が返ってきた。

くそっ、と罵り声を上げながらも日が落ちるのと競い合うようになんとか横川へと辿り着いた。

横川までくると船の往来が一段と多くなった。だが、どの船に声をかけても智永を乗せてくれる船はなかった。致し方ない、痛みが増した足を引きずりながら竪川と十字に交差する南辻橋を目指した。

舟に灯りが入ったのもいた。

「ああ、まだ須崎村までだいぶあるな」

と智永が呟いたとき、

「おい、貧乏寺のばか息子、どうしたよ」

と声が掛かった。

ふと川面を見ると己之吉だった。

灯りを点した空の荷足り船の櫓を漕いで智永を追い抜いていこうとした。

「己之吉さん、助けてくれ」

「どうしたよ、酔いどれ様の倅はどうした」

「おれたち、ひょっとしたら、二頭のらくだがいるところを見つけたかもしれないんだ」

智永は櫓を操るのを止めた荷足り船の已之吉に必死で説明した。

「おお、やったな。酔いどれ様から大根なんぞを沢山欲しがる人を探せと命じられていたんだ。おめえらが先に見つけたか」

「腰の曲がった婆さんがいうんだからよ、当てにはならないけどよ、駿ちゃんは信じているようだったぜ」

智永の言葉を吟味していた已之吉が、

「おめえ、酔いどれ様に知らせにいくところか」

と尋ねた。

「おお、望外川荘まで乗せてくれないか、足が棒になっちまったよ。銭は百文なら持っていらあ」

已之吉がしばらく考えていたが、荷足り船を岸辺につけて、

「飛び乗れ」

と言った。

智永はなんとか飛び下りた。

「ふうっ、助かった」

と智永は荷足り船に敷かれた筵の上にへたり込んだ。

筵の傍らには荷に掛ける古帆布がきちんと畳まれてあった。智永は帆布に這いあがって、ようやく落ち着いた。


小籐次は駿太郎らの帰りが遅いことを気にしていた。

昨夜、日吉山王大権現で徹夜させられ、無益に終わった小籐次はいつもより早めに望外川荘に戻って来た。魚源の永次親方が仕事はいいから、早く戻るように小籐次に勧めたのだ。

おりょうが徹夜明けで仕事をしたという小籐次の体を気にして、

「湯が沸いております、湯に入って少し体を休めて下さい」

と言ったが、小籐次は駿太郎らの帰りを待つことにした。

だが、須崎村辺りに宵闇が訪れても駿太郎らが戻ってくる様子はない。

小籐次は智永が途中で音を上げて弘福寺に戻っているのではないか、と思い寺を訪ねることにした。すると湧水池の方で櫓の音がして人声もした。

「おい、智永、ここが酔いどれ様の家か」

「ああ、望外川荘だ」

「家なんぞ見えないぞ」

「あの林の陰だよ」

小籐次は船着場に足を向けた。すると宵闇に灯りを点した荷足り船が船着場へと近づいてくるのが分った。

「智永か」

「おお、酔いどれ様か、疲れたぜ」

「駿太郎とクロスケはどうした」

「ああ、それだ。まだ八右衛門新田の妙久寺の傍らにある稲荷社にいるよ」

投げやりな口調で智永が言った。

「駿太郎になにがあった、それともクロスケがどうかしたか」

「ちがうよ。おれたち、らくだが居そうな屋敷を見つけたんだよ。もっともな、婆さんの話だし、今一つ当てにはならないけどよ」

智永が八右衛門新田の稲荷社で老婆に出会って聞いた経緯をもさもさとした口調で語った。

「手柄だったな」

　と褒めた小籐次は、念の為に確かめた。

「らくだがいるところを見たか」

「駿ちゃんが夜になって潜り込むとよ」

　よし、と答えた小籐次がしばし黙考し、

「已之吉だったな、頼みがある」

　と芝の難波橋の秀次親分にこの一件を知らせてくれぬかと願った。

「御用聞きか。おりゃ、苦手だ」

「案ずるな、秀次親分はものが分ったお人だ」

「分った」

「その代わり、智永の借金はわしが返すでな」

「ありがてえ」

「そうだ、わしの小舟とそなたの荷足り船を交換してくれぬか。小舟の方が荷足り船より舟足が速かろう」

　小籐次の願いに已之吉が、

「合点承知だ」

と請け合い、小舟に乗り移った。

「おれの用は済んだな、寺に帰るぜ」

智永が小籐次に言った。

「駿太郎とクロスケのところに案内《あない》せよ。それがおまえの務めだ」

と小籐次に言われ、

「腹が減ってよ、足も痛いや」

と嘆いた。

「智永、子どもと犬が頑張っているというのにおめえは独りだけ、この役から抜けて楽するつもりか」

己之吉が智永を怒鳴り上げた。

「よし、己之吉、先に難波橋に向え。そして秀次親分らを八右衛門新田の妙久寺近くの稲荷社に案内してくるのだ」

小籐次が命じると己之吉が飲み込んで小舟を器用に操りながら、湧水池から隅田川へと出ていった。

小籐次は、智永を荷足り船に残し、望外川荘に戻るとおりょうに事情を話し、おりょうとお梅が駿太郎とクロスケのために握り飯を急いで作り、菜を添えて重箱に詰めた。

「おまえ様、綿入れを駿太郎にも持っていって下さい」

小籐次は備中次直《つぐなお》を腰に差し落とし、破れ笠をかぶって自らも綿入れを着込んだ。おりょうが駿太郎と智永の綿入れと重箱とクロスケの餌と貧乏徳利と茶碗などを大風呂敷に包んで持たせてくれた。

再び船着場に戻ると、智永が荷足り船で筵の上に古帆布を体にかけて寝ていた。

「よし、八右衛門新田の稲荷社に案内致せ」

「ああ、酒の香りと食いものの匂いがする」

智永が古帆布を剝いで起き上がった。

「それはあとだ。まず荷足り船を川に出すのが先だ、舫い綱を解け」

と命じた小籐次は、小舟よりも何倍も大きな荷足り船を、竿を使って船着場から離すと櫓に替えた。

「酔いどれ様、荷足り船をよ、小さな体で漕げるか」

と智永が案じた。

「智永、わしは来島水軍の末裔《まつえい》じゃぞ。千石船のような帆船は無理じゃが、櫓と竿で進む船ならばなんとか扱えよう」

小籐次が答え、灯りを頼りに隅田川へと荷足り船を向けた。

その刻限、駿太郎とクロスケは老婆が稲荷社に上げた稲荷ずしで腹を宥め、亀高村の名主の持物だった森の中の百姓家を目指して月明かりを頼りに向った。

刻限は五つを大きく過ぎていた。

四

その直後に小籐次と智永が妙久寺近くの稲荷社に姿を見せた。

「あれ、駿ちゃんもクロスケもいないぞ、寺かな」

と智永が呟いた。

「智永、亀高村の名主だったご仁の屋敷はどこだ」

「あれだぜ」

妙久寺から東側の黒々とした森を指した。

月明かりでみる森はそれなりに距離があった。

駿太郎とクロスケは、行動を起こしたのだ、と小籐次は思った。

「船に戻ろう」

「己之吉が来たら、だれもいないと困らないか」

「難波橋の親分ならば、われらがどこにおるか直ぐに察しよう」

小籐次はそう答えたが、念のために稲荷社の赤鳥居に矢立で秀次へ告知を残し、己之吉の荷足り船へと戻った。

砂村川をさらに六丁ほど東に向うと最前稲荷社から見た森の横手にきた。

「婆さんは船でも行けると言っていたぜ」

「ならば右手に堀が口を開けているはずだ。見落とすでない」

荷足り船の灯りは消していた。だが、舳先にいた智永が、

「あった、これだな。荷足り船が入り込めるか」

小籐次は竿を巧みに使い、船の方向を転じた。

両岸から芒《すすき》の垂れ下がった用水路は十分に荷足り船が擦れ違える幅があった。

暗い用水路を小籐次は慎重に船を進めていった。用水路は右に左に蛇行していた。月明かりで橋板だけの船着場が見えてきた。

馬が嘶《いなな》いた。

(厩か)

駿太郎はがっかりとした。

夜風が駿太郎の顔を撫でていった。すると駿太郎とクロスケは、両国広小路で嗅いだ生き物の臭いと、脚先で厩の羽目板を蹴るような音に気付いた。

(らくだがいる)

と駿太郎は思った。

クロスケもくんくんと鳴いて駿太郎が正しいことを教えた。

「らくだが騒いでやがる」

「どうしたんだ」

と言い合う声が厩からした。

見張りがいるのだ。

駿太郎はクロスケを伴い、大きな百姓家の厩から生い茂った森へと音を立てないように後退していった。

母屋には他に何人か人がいる気配がしていた。

らくだがいることが分っただけで、駿太郎は自分の役目を果たしたと思った。無理することはない。

森を出ると潮風が駿太郎の頰を撫でた。

「腹が減ったな、クロスケ」

駿太郎が話しかけたとき、用水路で竿の音がした。

(だれだ)

駿太郎はその場に座り、クロスケを抱いた。

土手に人影が現れた。

「駿ちゃん、どこにいったんだ」

囁くような智永の声だった。

駿太郎が立ち上がると智永が、

「あっ」

と驚きの声を上げ、なにか言い掛けた。

「しいっ」

と制した駿太郎は、

「父上はどうなされた」

「駿太郎、おるぞ」

用水路から抑えた声が答えた。

駿太郎とクロスケは用水路の船着場に走って行った。森を目指してきたとき、用水路沿いにきたから橋板だけの船着場があることは分っていた。智永も駿太郎らといっしょに船着場に下りた。

「無事であったか」

「父上、らくだは厩におります。見てはいませんがらくだの臭いもしていました し、蹄《ひづめ》で羽目板を蹴る音がしました。それに中で人声がして、『らくだが騒いでやがる』という声も聞きました」

「よくやった。船に乗れ、一旦退却じゃ」

小籐次の命で駿太郎、智永、クロスケが己之吉の荷足り船に乗り込み、砂村川へと後退していった。

「駿ちゃん、腹が減ったろう。おりょう様が握り飯に煮物まで作って重に入れてくれたぞ」

と智永が言った。

「智永さん、まず父上に報告です」

十一歳の駿太郎が二十歳の智永に応じて、

「父上、森の中の屋敷には大きな厩があって馬とらくだがいます」

「よし、らくだが元気なればそれでよい。あとは難波橋の秀次親分らを待つだけだ」

「らくだの見張りは二人だと思います。他に四、五人いると思います」

「人の数はどうだ」


妙久寺の参道前の船着場まで戻った小籐次は、

「まずクロスケに餌を与えよ」

と駿太郎に命じた。

重箱を包んだ風呂敷には、クロスケの器に飯と焼き魚の身をほぐして載せたものが入れてあった。お茶も水も添えてあった。

クロスケがまず食した。

「そなたらも食せ」

小籐次の許しで駿太郎と智永が握り飯に手を出した。むしゃぶりつくように競い合って食べる二人を見ながら、小籐次は貧乏徳利から茶碗に酒を注ぎ、
きゅっ
と飲み干した。

渇いていた喉に酒がなんとも美味だった。一杯目は一気に飲んだ。

昨晩も徹夜、今晩も徹夜になりそうだ。五十路を何年も前に越えた小籐次には、難儀な日々だった。

二杯目はゆっくりと舌の上に転がしながら味わった。

「父上、酒もよいですが、握り飯と煮物を食べたほうがよいです」

駿太郎はおりょうが時に注意する言葉を覚えていたかそう言い、皿に握り飯と煮物を取り分けて差し出した。

「頂戴しよう」

小籐次は、駿太郎の気持ちとおりょうとお梅の心づくしの食いものを食べ、二杯目の茶碗酒を飲み終えた。

急に眠気が襲ってきた。

「親分方が姿を見せるまで少し眠っておこう」

小籐次は次直を膝の前に立てて両腕に抱えると眼を閉じた。おりょうが着ていくように言った綿入れと酒のお蔭で直ぐに眠りに落ちた。

どれほど眠ったか。

人声に小籐次は眼を覚ました。

いつの間にか、秀次親分らを已之吉が案内してきていた。

秋の月が中天にあって青い光を八右衛門新田に落としていた。ために難波橋の親分ら一行の姿がよく見えた。

己之吉の小舟には、読売屋の空蔵と、らくだの面倒を見ていた男衆《おとこし》が二人ほど見世物の時の唐人姿で乗っていた。

空蔵は小籐次に見つからないようにか、体を縮めていた。唐人姿の二人も不安なのか黙り込んでいた。

小籐次もこのところの空蔵の不遇を承知ゆえ、難波橋の秀次親分が同行を黙認したのであろうと、なにも言わなかった。

唐人姿の男衆はらくだを見つけたときに面倒を見させるつもりだろう。

さらに難波橋の秀次親分の船には信吉ら手先たちが、捕物仕度も厳めしく緊張の様子で乗っていた。

「駿太郎さんのお手柄だそうで」

秀次親分が言い、荷足り船に乗り移ってきた。

小籐次は前に座る秀次に、

「何刻かな」

と聞いた。

「九つ（午前零時）を過ぎた時分でさ」

と答えた秀次は落ち着き払っていた。

「親分、駿太郎が元名主屋敷の厩にらくだと馬が同居しているのを確かめてきた」

と前置きして駿太郎の見聞を告げた。

「そいつは大手柄だ、駿太郎さん」

小籐次の言葉に唐人姿の二人もほっと安堵した様子があった。

「親分さん、でも実際にらくだがいるところまで確かめられませんでした」

と綿入れを着込んだ駿太郎が言った。

「見張りどもがらくだが騒いでいるという言葉を聞いたのですね」

「はい。らくだはひょっとしたら、クロスケや私が厩の後ろにいたことに気付いて、羽目板を蹴ったのかもしれません。その音に見張りたちが厩を確かめに入ってきたようなので、クロスケといっしょに船着場へ戻りました。そこで父上と智永さんに会ったのです」

「駿太郎さん、さすがは赤目小籐次様の倅どのです、その落ち着きは十一の子どものやるこっちゃございませんぜ。さすがにお侍さんだ、わっしら町人とはまるで違いますな」

秀次が繰り返して駿太郎の行動を褒めた。

そんな会話を空蔵が帳面に書き付けていた。

秀次が話柄を転じた。

「赤目様、こちらも動きがございましてね、興行元藤岡屋由蔵さんの住まいは厩《うまや》新道《しんみち》にあるのですが、その家に身代金を要求する文が昼下がりに届きました。由蔵さんは慌てて赤目様につなぎをつけようとしたのですが、どこへ人を出しても行き違いでつなぎが付けられず、こたびは一人で行かれることになりました。むろん、南町与力五味《ごみ》様の配下の方々が密かに由蔵さんを見張っております」

「今度はどこに呼び出されたのかな」

「不忍池《しのばずのいけ》の島にある生池院《しょうちいん》です」

「あのような場所にな。由蔵さんの身を守るのも難しいが、強請《ゆす》りの者も近付くのに難儀であろう」

「いかにもさようで」

不忍池は、周囲十二丁余（約千四百メートル）、東西二丁余（約二百七十メートル）、南北四丁（約四百四十メートル）の池で、上野台地と本郷台地との間にできた江戸の内海の名残りであった。

不忍池の名の由来は、この辺りに萱《かや》や芒《すすき》が繁って土地と水辺の境がはっきりとせず、池ばかりがあらわに見えるので忍ぶことができないとか、上野の東叡山寛永寺が忍ヶ岡下にあるのでこう呼ばれたとか諸説あった。

古書に曰く、

「広さ方十丁ばかり、池水《ちすい》深うして旱魃《かんばつ》にも涸るることなし。ことに蓮《はちす》多く、花の頃は紅白咲き乱れ、天女の宮居はさながら蓮の上に湧出するがごとく」

とある。

文人たちに小西湖《しょうせいこ》と唱えられ、享保（一七一六〜三六）の中ごろから島の茶屋で蓮飯《はすめし》を客に供したという。

天台宗の生池院は、初め下谷にあったが、その後、不忍池の小島に接して弁天島が築かれ、移された。弁天島は不忍池を琵琶湖になぞらえ、竹生島《ちくぶじま》に準じて造られたのだ。

この不忍池の弁天島の生池院に、らくだを盗んだ下手人は、興行元の藤岡屋由蔵を呼び出したという。

「赤目様、わっしは文を見ておりませんが、なんでもらくだの身代金が三百両に値上げされたそうなんで」

「なぜだな」

「へえ、日吉山王大権現の拝殿に二百両を置いてこなかったからと文に書いてあったそうで」

「そやつら、藤岡屋をいたぶっておらぬか」

「へえ、近藤様方もただらくだの身代金を奪いとるだけではのうて、こたびのらくだ拐しには憎しみを感ずると申されております」

「藤岡屋は敵を持っておったか」

「当人はそんな者はおらぬというのですがな」

「まず当人に聞けばそう答えような」

船を沈黙が支配した。すると、

「酔いどれ様なんぞは数知れずか」

と空蔵が思わず会話に入り込んできた。

「なんだ、そなたは」

「へえ、読売屋の空蔵でしてね」

「さようなことは百も承知だ」

「おや、酔いどれ様がわっしの名をご存じでしたか」

空蔵が皮肉を言った。

「空蔵、難波橋の親分のお情けでこたびの探索に同道させてもらったのであろう。黙っておれ」

「いいのか、酔いどれ様よ。藤岡屋由蔵にらくだの見世物を巡って競争相手がいてよ、そやつが両国広小路のらくだ人気をよ、えらく妬んでいるという話をわっしは知ってるぜ」

「空蔵さん、おまえさんも摑んだか」

秀次がいささか慌てた口調で言った。

「ああ、浅草奥山の見世物小屋の主、山中屋昭八って男よ。こいつは、奥山で熊や猿なんぞの芸を見せていたんだが近ごろその見世物も飽きられてきた。一発大きな商いをというので、上方で大人気になったらくだを江戸へ呼ぼうとして大坂にも出向いたそうで、話はほぼ山中屋に決まりかけていた。ところがさ、途中から藤岡屋由蔵の旦那が参入してきた。その結果、大坂の興行元は山中屋ではのうて、藤岡屋に決めたんだ。そうだな、親分」

「そういうことだ、空蔵さんよ」

「山中屋がこたびの騒ぎの裏にいると言っていいのか」

「空蔵さん、それはまだなんともいえねえ。はっきりとしていることは、らくだ人気に押されて山中屋の熊の見世物にいよいよ客が集まらないということだな」

と秀次が言った。

「ああ、そういうことだ」

空蔵が得意げに小籐次を見た。

近頃大仕事がなくて焦っているのは奥山の山中屋だけではなかった。空蔵もなんとかして、一発起死回生の大ネタを摑みたいと切望していた。

「山中屋はらくだを扱ったことがあるのであろうか」

小籐次がだれとはなしに聞いた。

「それはございますまい」

秀次親分が言った。

「となると、小梅村の百姓家からくだ二頭を連れ出せたのは、仲間にらくだの扱いに慣れた者がいるのではないか」

「山中屋昭八は大坂に行っておりますからな、その折にらくだの世話方の時次郎と李作と知り合っていたのは大いに考えられます。嫉妬と金がからんで、らくだを小梅村から亀高村へと移し、藤岡屋から絞り取れるだけ取ろうと両者が手を結んだと考えられないことはない」

と秀次親分が答えた。

しばし沈黙があった。

「で、どんな手配りだな」

「近藤の旦那方が小名木川から阿波徳島藩の下屋敷と三河吉田藩の抱屋敷の間の堀伝いに治兵衛新田の南端まで入り込み、亀高村の元名主の家の表門から入り込むのに合わせ、わっしらは駿太郎さんが忍び込んだ裏から厩に忍び込んでらくだを確保する手筈でございますよ。なんぞ他に赤目様の知恵はございますかえ」

「格別にない」

と答えた小籐次が、

「己之吉、今晩は世話になったな」

と小籐次の小舟に乗る荷足り船の船頭己之吉に礼を言った。

「なんてことねえよ。おれのほうが弘福寺の倅より役に立つだろうが」

己之吉が威張って智永を見た。

小籐次は巾着から二朱を出して、

「こいつは智永の借りていた銭だ」

「赤目様から貰う謂《いわ》れはないがな」

己之吉が遠慮した。

「そう申すな、駿太郎の弟子となれば、わが孫弟子ということになる。孫弟子の不始末は師匠がつけるのが世の習いだ。この前渡した一朱が利と思え」

「受け取ってもいいがよ、ここまで付き合ったんだ。らくだを取り戻す捕物を見物していきたいや。帰りよ、らくだを乗せる船にもなるぜ」

と己之吉がいい、

「分った」

と小籐次が応じて、

「秀次親分、そろそろ両国の見世物へとらくだを戻す出役に参るか」

「へえ」

小籐次と己之吉が船を取り換え、再び亀高村の元名主の住まいだった屋敷へと、三艘の形と大きさが違う船が動き出した。

青い月明かりがそんな捕り方たちを照らし出していた。

第四章　弱気小籐次

一

　その日、小籐次は小舟を芝口橋際の久慈屋の船着場に乗り付けた。その姿を最初に見つけたのは手代の国三と荷運び頭の喜多造だ。

「赤目様、腰はどうですか」

「まだ休んでいたほうがいいんじゃないですか」

　と二人が口々に小籐次の体を案じた。

「心配をかけたな。なあに落馬するのは厩番の務めみたいなものだ。大したことはない」

　小舟から研ぎの道具を下ろす小籐次を二人が手伝い、国三が、

「研ぎ場は柳の下ですか、それとも店のいつもの場所ですか」

と小籐次に尋ねた。

天高く晩秋の空が広がっていた。風もなく温かな日和だった。おりょうが綿入れの袖なしを着せてくれたこともあり、久しぶりの仕事はお天道様の下でやろうと思った。

「この日和だ、表で仕事をしようか」

国三が手早く研ぎ場を設ける間、小籐次は店に入り、

「浩介どの、大番頭どの、ご一統様、心配をおかけし、申し訳ござらぬ。体はほれ、この通り息災にござる」

と両手を広げて見せた。

そのとき、腰に痛みが走ったが、小籐次は顔にはその痛みを表さなかった。なによりつねに腰に違和感があった。

「いえね、難波橋の親分もらくだは川向こうの亀高村で見つかった。その折、赤目様が馬から落ちたというだけで、詳しい話はご当人の口から聞いて下されと答えるだけで、私どもも事情が分らず案じておりました」

「大番頭どの、相済まぬ。厩番が落馬するのは不覚の至り、恥ずかしさのかぎり

である。じゃがな、落馬は子どものころから慣れておる。馬を知らぬ素人衆が驚くにはあたらぬほどの日常のことでな、大したことではないのじゃ」

と小籐次は答え、

「久しぶりの研ぎでござる。いつもの日々が戻ると思うと嬉しゅうござる」

と言い残して御堀端に国三が設けた研ぎ場に座った。

小僧が観右衛門に命じられたか、手入れをなす道具を抱えてきた。

「小僧さん、ありがとうよ」

小籐次は道具を受け取り、手順を頭の中で確かめた。

するとあの夜のことが走馬灯のように小籐次の脳裏に浮かんだ。

この十日余り、望外川荘で接骨医にして鍼灸師宇山宗達の治療を受けながら、幾たびとなく思い出したことだった。

亀高村の元名主の敷地はなかなかの広さだった。その南側の一角に厩があって、駿太郎が確かめてきたようにらくだの気配がした。

小籐次らはいつでも厩に飛び込めるように厩の後ろの森の中に潜んでいた。

難波橋の手下の兄貴分の信吉が屋敷の外を回って、表から同時に捕り物に入る南町奉行所の近藤精兵衛一統と打ち合わせに行った。

だが、近藤らは未だ姿を見せないのか、なかなか信吉は戻ってこなかった。

小籐次や秀次たちは秋のやぶ蚊に悩まされながらも森の中でひたすら、

「時が来る」

のを待っていた。

らくだか馬か、時折厩の羽目板を蹴る音がした。

ふいに信吉が姿を見せて、

「親分、小名木川には御用船が泊まっているんだが、近藤様の姿が見えないんだ。まっくらな治兵衛新田で迷っているのかね。なにしろ捕り物だ、御用提灯を点してねえ上にこの新田の目印もねえ広がりときた、亀高村の元名主の屋敷が見つけられないんだよ」

と言った。

「もう八つは過ぎていよう。どうしたものでしょうね」

真っ暗な中で顔が動くのが見え、秀次が小籐次に尋ねた。

裏口組だけでまずらくだ二頭を確保するか、そう小籐次が考えたとき、厩に上方訛りの大声が響いた。

「らくだを逃すんや。役人が目をつけたがな」

らくだの見張りたちがらくだを解き放つ気配がした。

小籐次らは一斉に動いた。

小籐次、駿太郎、智永、己之吉の四人とクロスケは、厩の西側に回った。するとらくだ二頭が厩から次々に東口へと飛び出していくのが厩の柱にかけられた行《あん》灯《どん》の灯りに見えた。

難波橋の秀次親分らが茫然と立ちすくんでいるのも見えた。いきなり大きならくだが飛び出してきたのだ、驚くのも無理はなかった。

小籐次は、厩に興奮した体の馬が一頭残されているのを見た。

「親分、わしがらくだを馬で追う。らくだ盗人のほうは親分方に願おう」

「合点だ、一人として逃しはしませんぜ」

秀次が答え、小籐次が駿太郎に、

「親分方を手伝うのだ」

と命ずると厩に走り込んだ。

「何者や」

厩の暗がりに上方訛の男が小籐次を質した。

「そなた、時次郎と李作のどちらだ」

「畜生、正体が知れとるがな」

「そなた、日吉山王大権現で藤岡屋の旦那に従った爺を見ておろう」

「赤目なんとかいう酔いどれ爺と聞いたがな」

と言った男は、赤目小籐次の武勇を知らぬのか、いきなり懐から匕首を抜くと小籐次に突きかかってきた。

小籐次は身をかわすと、男の匕首を握る手を逆手にとって厩の床に叩きつけた。秀次たちが折り重なるように男に飛び付いた。

小籐次は仕切られた厩の柵の扉を開けて、馬の轡《くつわ》をとると裸馬を厩から引き出し、飛び乗った。そして、壁にかかっていた麻縄の輪を二本取り、首にかけた。

「そなた、らくだと何日も暮らしておろう。あの二頭を追ってくれぬか」

と馬に囁きかけると、なにを思ったかクロスケが厩から飛び出していき、らくだのあとを追うように走り出した。

運よく雲間から月が姿を見せた。

「クロスケめ、己の役目を承知しておるわ」

小籐次は裸馬の腹を足で蹴り、クロスケを追い始めた。

らくだ二頭はすでに元名主屋敷の敷地の外に出たのか、近くに気配はなかった。

裸馬はクロスケに従い、長屋門へと向った。すると長屋門に南町奉行所の御用提灯がいくつも見えてこの屋敷を囲もうとしていた。

「赤目どの」

定廻《じょうまわ》り同心近藤精兵衛の呼びかける声がした。

「おお、近藤どのか、らくだ盗人め、らくだを逃しおった」

「見たぞ見たぞ、東に向って大きな影が走っていきましたぞ」

クロスケが走って行った方向だ。

「相分った、わしはらくだを追う、ご免」

小籐次は再び馬腹を蹴った。

「らくだ盗人どもはわれらが一人残らず捕縛しますぞ」

という声が小籐次の耳にかすかに届いた。

クロスケはだいぶ先を走っていた。

月明かりを頼りに走った。

南側が亀高村、北側に治兵衛新田が広がっていた。

だが、小籐次はこの界隈の土地を知らなかった。ゆえに二百年ほど前に開発された新田の道をひたすら東に向って走った。

クロスケに馬が追いついた。

小籐次は馬の速度を落とした。

寺らしき門前を抜けた。するとクロスケが、
わんわん
と吠えた。

小籐次が月明かりで見ると、大きならくだがゆったりとあぜ道で草を食べている姿が見えた。

「クロスケ、ようやった」

小籐次は馬の歩みをさらに緩めて静かにらくだに近づこうとした。

らくだの一頭が草を食《は》みながらこちらを見ると、逃げ出した。

「待て、待たぬか」

小籐次が声をかけ、クロスケが再び吠えたために二頭は全力で東へと走り出した。

らくだ二頭と馬に乗った小籐次とクロスケの追いかけっこが再開された。

こんどはらくだは追跡者がいるのを承知していた。だから小籐次らを遠くに引

き離してはあぜ道の草を食み、近くに来るとあざ笑うかのように逃げ出した。

その繰り返しが際限なく続いた。

クロスケもうんざりした様子があった。犬の方が短い距離なら速かった、だが、持久走となると断然らくだに軍配が上がった。

いつしか追いかけっこは朝を迎えようとしていた。そして、ついにらくだ二頭は行く手を中川に阻まれた。そこに生えていた草を食べながら小籐次らが近づくのを待っている。まだ距離は半丁あった。

「クロスケ、静かにしておれ」

小籐次の命が分ったか、クロスケが馬のあとから静かに従ってきた。

だんだんと間合が狭まり、ついに馬とらくだの距離は五間になった。

小籐次は首にかけた麻縄一本を手に、馬を宥めながら一頭のらくだに馬の体を寄せた。上体を伸ばしてらくだの首に麻縄をかけ、結んだ。その麻縄の端を自分の腰に巻き付け、もう一頭へと馬を寄せた。

二頭めのらくだも走り疲れたか、小籐次の馬が寄ってくるのを許した。二本めの麻縄を解くとらくだの首に巻いて、端をしっかりと握りしめた。

「おお、らくだがおるぞ！」

突然、中川の流れから大きな声が響き渡った。

最初に捕まえたらくだがいきなりその大声に反応して暴れた。

その勢いで小柄な小籐次の体が裸馬の上から引き離されて、中川の土手道に叩き付けられて、腰と頭を打った。だが、頭は破れ笠が打撲を減じてくれた。

クロスケの吠え声が遠のき、意識を失った。

それでも小籐次は、二頭のらくだを縛った麻縄は手放さなかったようだ。

「おーい、大丈夫か」

人の声がして小籐次の顔に桶から中川の水が掛けられた。

船の船頭か、髭面で日に焼けた顔が覗き込んでいた。

「らくだはおるか」

「おお、おるぞ。わしらの船に乗せておる。おまえ様はだれじゃ」

小籐次は上体を起こした。するとクロスケが不安げな顔で小籐次を見ていた。

「赤目小籐次と申す」

髭面の船頭が、
うっ
と息を呑み、

「まさか、酔いどれ小籐次様ではあるまいな」

「まあ、そう呼ばれておる」

「天下の酔いどれ様がらくだをどうしようというのだ」

「両国広小路の見世物のらくだが盗まれてな、なぜかわしにらくだ探しが回ってきた。まあ、なんとか探し当て、らくだの首に麻縄を巻いたところで、そなたの声がしたものだから、らくだが暴れてわしは不覚にも落馬したようだ」

「すまねえ、酔いどれ様よ。わしの胴間声がらくだを驚かせてよ、酔いどれ様を馬から落としたただな」

船頭が事情を呑み込んだようで恐縮の体で頷き、

「立ち上がれるか」

と尋ねた。

船頭の問いに小籐次はゆっくりと立ち上がった。

右腰から落ちたようでそちらに激痛が走った。頭も痛いが破れ笠が守ってくれたようだ。

体のあちらこちらをゆっくりと動かしてみた。さらに体を曲げたり伸ばしたりしてみた。

「骨は折れておらぬようだ」

「天下の酔いどれ様もらくだ相手には形無しか」

「全く不覚千万であった」

小籐次は嘆いた。

「らくだをどうするだ」

船頭がそのことを気にした。

「亀高村に南町奉行所の役人らがおるはずだ。らくだと馬とわしと、それにクロスケを乗せて砂村川に入れてくれぬか」

「おお、それくらいはせんと天下の酔いどれ様に申し訳ないでな」

小籐次はクロスケを伴い、なんとか船に乗り込んだ。

石を運ぶ船だそうだが、空であったことが幸いした。

らくだ二頭、馬一頭、それに小籐次とクロスケを乗せた船が中川を少し下り、砂村川へと入って行った。

すでに亀高村の元名主屋敷の捕り物騒ぎは終わっていた。だが、難波橋の秀次親分や駿太郎、智永、己之吉が待っていてくれた。いや、それればかりか読売屋の空蔵もいた。

「おお、赤目様がらくだを捉まえてきたぞ。なんとも大きいな」

荷足り船の船頭の已之吉が近くからくだを見て、驚きの声を上げた。

「父上、どうなされました」

駿太郎が直ぐに小籐次の異変に気付いた。

「わしの口から話したくない、話すと腰が痛いのだ。石船の船頭どのに聞いてくれ」

小籐次のいつもとは違った弱々しい声に秀次親分が驚き、船頭に事情を質した。

船頭がもそもそと小籐次が馬から転落した一部始終を話した。

「ううーん」

秀次親分が唸った。笑いを堪えている様子でもあった。

「おかしいか」

小籐次が恨めしそうな顔で言った。

「いえ、おかしかありませんがね、酔いどれ小籐次様もらくだには敵いませんかえ」

「相性がいいと思うたが、油断した」

小籐次の言葉を聞いた石船の船頭が体を小さくして、

「すまねえ、わしが大声を上げたんでよ、らくだが驚いただ。酔いどれ様よ、すまねえことをしただ」

と最前と同じ詫びの言葉を繰り返した。

「そなたのせいではないわ。わしの不覚、油断よ」

と答えた小籐次が、

「秀次親分、らくだ盗人一味は捉まえたか」

「捉まえましたよ。だが、今はそんなときじゃねえ、わっしらがらくだは藤岡屋の旦那に戻しますよ。赤目様は望外川荘に戻り、医者に診てもらったほうがいい」

難波橋の親分の言葉に、

「おお、そうだ、駿ちゃん、師匠をよ、小舟に乗せて須崎村に戻ろうか」

と智永が言った。

「いや、智永、おれの船に赤目様を乗せてよ、小舟は引いていこう」

己之吉が言い出し、小籐次は荷足り船で須崎村の望外川荘に運ばれていった。

読売屋の空蔵は珍しく最後まで黙っていた。どう言ったところで読売に面白おかしく書くだろう、致し方ないと小籐次は思った。

須崎村に着くと小籐次の姿におりょうが驚き、本所で有名な接骨医にして鍼灸師の宇山宗達を望外川荘に呼んで診断を仰ぐことになった。

その結果、幸い骨折はしていなかった。打撲の治療が始まった。

骨折ではないと知ったおりょうは、小籐次の養生を手伝うのが嬉しいのか、献身的な介護をしてくれた。

あの日から十数日が過ぎていた。

その間に、久慈屋も藤岡屋の由蔵も見舞いに行くと使いを立てて、都合を聞いてきたが小籐次は悉《ことごと》く断った。

いくらくだが暴れたせいだとはいえ、落馬したのは厩番としては不覚であった。

体が回復するまで見舞いは待ってもらうことにした。

そうして小籐次は、鍼灸治療と揉み療治のお蔭でほぼ腰の打撲は回復した。この数日は、弘福寺の本堂道場に通って駿太郎や一郎太や代五郎の稽古を見た。智永の他に時に己之吉が稽古に来ていた。

和尚の向田瑞願は、小籐次が落馬して腰を打撲したことに親近の情を示した。

「ほうほう、天下の酔いどれ小籐次もらくだには敵わぬか。弱みというのはだれにもあるものだな、らくだとはな」

というとけらけらと笑ったものだ。

「いうな、和尚。段々と腹が立ってくるわ」

というと瑞願はさらに高笑いした。

二

小籐次がようやく研ぎ仕事に集中して半刻が過ぎたころ、難波橋の秀次親分が姿を見せた。

「もう大丈夫でございますか」

「研ぎ仕事には差し支えないほどに回復した」

「やはり赤目様とらくだは因縁で繋がっておりますな」

秀次が言い出した。

「どういうことだな」

小籐次が問い返した。

「盗まれたらくだですがな、気が高ぶって落ち着かせるのにだいぶ日にちがかかりましてね、本日ようやく両国広小路で見世物が再開されました。半月余り休んでいたせいか、前にも増して人気でしてな、両国橋は朝早くから混雑でどうにもなりませんぜ。これもまた赤目様がらくだを取り戻したからこその人気ですよ」

秀次親分が笑みの顔で言った。

小籐次は須崎村から芝口橋へは大川を下らず、源森川、横川、木場の南側を抜けて富岡八幡宮を横目に大川河口に出たから両国橋の混雑を見ていなかった。

「親分、わしはらくだを捉まえようとして落馬した爺じゃぞ、なんの役目も果たしておらぬわ」

小籐次がぶっきらぼうに言い放った。

「いえ、赤目様の功績です」

と断言した秀次が話柄を変えた。

「もはや推量なされておりましょうが、こたびのらくだ拐しの一件、大坂かららくだとともに船でやってきた世話方の時次郎と李作の二人が、奥山の見世物小屋の山中屋昭八と組んで一芝居打ち、らくだ人気の有卦《うけ》に入った藤岡屋から金をせしめようとして企んだことでしたよ。亀高村の元名主屋敷の厩で赤目様に匕首で突きかかってきたのが李作でしてね、時次郎のほうは近藤の旦那方が捉まえました。らくだの世話をしていたのは、奥山の見世物小屋の男たちで、山中屋昭八に命じられていたのです」

と報告した。

「親分、らくだの気が高ぶっていたというたが、わしが追いかけ回したからか」

「いえ、食いものが足りなかったこともありましょう、それになれぬ場所でらくだの扱いを知らぬ連中にぞんざいな扱いを受けたことで苛立っていたのです。赤目様と同じように十日ばかり小梅村のらくだ小屋で休んだら、元のおっとりとしたらくだに戻ったそうです。どうですね、この一事をみても赤目様とらくだはよほど気が合うのでございましょうな」

秀次は小籐次の顔色を窺いながら告げた。

「藤岡屋の由蔵さんがなんとしても酔いどれ様にお礼を申し上げたい。わっしにその意向を尋ねてきてくれと願われております」

「らくだが元気になって藤岡屋の見世物が活気を取り戻したのならそれでよい、と伝えてくれぬか。秀次親分、おりょうにも言われたが、わしは五十過ぎの爺じゃぞ。怪我で何日か寝込んだのは、小金井橋で能見一族十三人と斬り合いをして以来かのう。これまで病で寝込むこともなかった。それが、らくだに引っ張られて馬から落ちたのだ。どの面下げて、元厩番であったといえようか」

秀次は想像以上に小籐次が落馬したことに拘《こだわ》っていることに気付かされた。

「おりょう様はなんと申されました」

「おりょうか、わしが望外川荘にいるのはうれしそうじゃがな、ともかく歳を考えなされと、耳にたこができるほど聞かされた」

「それはまた仲のよいことですな、おりょう様は赤目小籐次様のお体を案じておられるのですよ。天下の酔いどれ様も人の子であったということです」

「親分、おくめはどうしておる、江戸の長屋に戻っておるか。山城屋に奉公する倅の享吉になにか連絡はあったか」

小籐次は話柄を変えた。

佐久間小路備前町の米屋の家作に住む老女おくめが行方知れずになった騒ぎに関して、小籐次はおくめの知られざる顔を承知した。そのことが懐かしく思われたからだ。

佐久間小路界隈ではおくめは元髪結いとしか知られていなかった。また倅の享吉は質屋山城屋に勤める実直な奉公人だった。

この夏のことだ。

小銭を貯めていると評判の年寄り女に、

「倅がお店の金子《きんす》を使い込んだ」

と騙《かた》って金子を出させて、その挙句年寄りを殺す騒ぎが続発した。

最初おくめの行方不明もこの一連の騒ぎかと思われた。

ところが亨吉の元奉公先の薬種問屋時代の朋輩勘次が、倅の亨吉から頼まれたと称して二十両を持ってくるようにおくめを一乗寺に誘い出したのだ。

この一乗寺、おくめと亨吉親子にとって亭主であり父親の眠る寺だった。だが、勘次はそのことに気づかなかった。

秀次に願われて小籐次が一乗寺に出かけてみると予想外の展開が待っていたのだ。

「おくめはあの夜以来、江戸には戻っていませんぜ。倅の亨吉のもとへ安心しろという文が小田原城下から届いたそうで、わっしが一乗寺の一件を告げると、最初こそ驚きましたがね、祖父《じい》様がツボ振りの弥一、そして母親のおくめもツボ振りの顔を持っていたことになんとなく得心したようで、『一度お袋のツボ振りを見たいもので』と度胸の据わった返答でした。ところでなぜ赤目様は、おくめの名などを出されましたので」

「なぜかのう、人には他人に知られざる秘密があるものよと思うてな、ふとおくめのことを思い出したのだ。酔いどれ小籐次、落馬して弱気になったかのう」

小籐次の返答を聞いた秀次が笑みの顔で頷くと、久慈屋へと入って行った。

秀次の背を見送った小籐次は仕事に戻った。

研ぎ仕事をしているときが小籐次の気持ちがいちばん安らぐときだった。

刃物を砥石の上に無心で滑らせていると、頭の中が無になった。

十数日、仕事を休んで、なにもしなかったせいで研ぎ仕事が新鮮に感じられた。

手先が喜んでいるのが小籐次には分った。こんな気持ちは久しぶりのことだった。

一方、秀次は久慈屋の大番頭の観右衛門の帳場格子に近い上がり框《がまち》に腰を下ろし、

「大番頭さん、赤目小籐次様のあんな顔を見たことがねえや」

と案じ顔で話しかけていた。

帳場格子を出た観右衛門が秀次の傍にきて、

「こたびの一件、だいぶ応《こた》えておられるようですね。落馬したくらいなんてことないと言われておったのですがな」

といささか心配そうな顔で親分に応じた。

「それにしても酔いどれ様らしいといえばらしゅうございますな。人相手に怪我をしたんじゃねえ。らくだに引っ張られて裸馬から落ちて腰を打ったというんですからな」

「おそらく赤目様は、こたびのことで老いに初めて気づかれたのではございますまいか。五十代といえば、私もそうですが、立派な年寄り爺です。私どもは赤目様にかぎり、歳など関係ないと思い込んでおりました。それをらくだが教えてくれたんです」

観右衛門の言葉に、秀次が頷いたとき、

「ご両人」

と帳場格子の中の若旦那の浩介が二人に呼びかけた。

「ご心配はいりませんよ。赤目様にはおりょう様と駿太郎さんがついておられます。なにか新しいことがあれば、直ぐに元の元気いっぱいの赤目小籐次様に戻られます」

浩介の言葉に、

「若旦那、どうですね。大旦那様がいつぞや赤目様に相談なされた伊勢参りを早められてはどうでしょうかね」

と観右衛門が言い出した。

「赤目様がお義父《とっ》つぁんと伊勢参りに行く話ですか。季節はこれから寒さに向いますよ。腰に痛みを抱え、長旅ができますか、大番頭さん」

「そこです。大旦那様にはなにかお考えがあって、赤目様をお供に伊勢参りを願われたのでしょう、伊勢へは若旦那が申されるように長旅です。やはり季節が和らぐ来春がようございましょうな」

観右衛門が最前言った言葉を撤回するように言った。

観右衛門は昌右衛門がわざわざ伊勢行きを前々から小籐次に相談したのには、なにか隠されたものがあると思っていた。ただの伊勢参りとは考えていなかった。

昌右衛門にはなにか格別な考えがあるのだ。

「行き先を変えるのですか」

「いえね、若旦那、伊勢参りは伊勢参りとして来春にでもなさればよい。この度は、近間の湯治場というのはどうですか。赤目様と大旦那様が知り合われた箱根か、あるいは海の傍の湯治場の熱海であれば直ぐにも出かけられましょう」

「箱根行きは何年前のことでしたかね」

秀次が二人の会話に加わった。

「私どもと出会ったあと、赤目様は天下を驚かす『御鑓拝借』騒ぎを始められたのです。遠い昔のような気が致します」

その当時、まだ久慈屋の手代だった浩介も赤目小籐次との出会いの場にいたのだ。遠くを見るような眼差しで言い、

「赤目様はあのころから爺様でしたぜ。だが、ただの爺様じゃねえ、天下無双の剣術遣いで、江戸っ子の気持ちを鷲づかみにして人気者になった。

それがさ、こたびらくだのせいで元気をなくしちまった。わっしはさ、大番頭さんの湯治という考えは悪くないと思うな。すでに箱根の山は寒いや。その点、海のそばの熱海ならば、暖かいし片道三日もあれば着きましょうよ。ひと巡り七日逗留の湯治で、また江戸へ戻る。半月で済みます」

と秀次も応じた。

「大旦那様に相談致しますか」

観右衛門が腰を上げかけた。

「おっ義母《か》さんが行くと言われませんか。それにおやえも行きたいというでしょうね」

「昔の赤目様とは違い、おりょう様がおられますぜ」

「親分、当然おりょう様を連れていくことになるでしょうな」

「そりゃ、大勢で大変だ」

「こたびは年寄り怪我人だけのほうがいいでしょうかね」

三人が勝手に考えを展開した。

「そうだ、どうでしょうね、大番頭さんもこの際ごいっしょしては」

浩介が言い出した。

「えっ、若旦那、私は奉公人ですよ。大旦那様が留守をなさるときは当然お店を守る務めがございます」

「おや、大番頭さん、どなたかを忘れてはおられませんかえ」

秀次が言い出した。

「だれを忘れたかな、まさか新兵衛さんを連れていけというのではありますまいな」

「新兵衛さんは、もはや旅は無理です。そうじゃねえんで」

「じゃあ、だれを忘れたと申されますので、親分」

「久慈屋には今や若旦那がおられますぜ、しっかりとお店じゅうに睨みを利かせているじゃありませんか。大番頭さんが半月や一月いなくても久慈屋はこ揺るぎ

「一つしませんぜ」

秀次が言い切り、浩介がにっこりと笑った。

「ふーん、冬を前に湯治ですか。若旦那、さようなことが出来ましょうかな」

と観右衛門が首を捻った。

「うちの商いは師走《しわす》が忙しゅうございます、その前に主夫婦と大番頭さんが赤目様とおりょう様を伴い、骨休めするのは悪い考えではございませんよ」

久慈屋の店で三人が相談し、

「まずは大旦那様に相談してきましょう」

と立ち上がる大番頭を制して、

「大番頭さん、ここは私が」

と浩介が先んじて奥へと消えた。

「私が湯治ですか。大旦那様が許されましょうかな」

「長い間、芝口橋を睨んで奉公してこられたのだ、大旦那は必ずや許されます。ですがね、この話の肝心かなめは、あのお方だ」

秀次親分が御堀端で陽射しを浴びながら研ぎ仕事をする赤目小籐次を見た。

小籐次はそんな話が進行しているとは露知らず、大小さまざまな道具を研ぐことに熱中していた。

すると背中に視線を感じた。だが、小籐次の手が休まることはなかった。

不意に芝口橋に、読売屋の空蔵の、読売の売り声で長年鍛えられた声が響き渡った。

今日の空蔵は助っ人を二人も連れていた。その助っ人が二種類の読売を抱えていた。

「とざい、東西、芝口橋を往来の皆々様方に本日は明るくも楽しい話題を読売屋の空蔵がお伝え致しますぞ。

両国広小路で、異国のハルシア国から波濤万里を船に揺られて和国の江戸へと着いた珍獣らくだが大人気になっていたがよ、人当たりか食いもの当たりか、らくだは哀しくも病に倒れて半月も見世物が中止になっておりましたな」

足を止めた棒手振りが、

「ほら蔵さんよ、もうらくだはよ、元気になってよ、今朝方から大勢の人を集めているぜ。おめえさんの話は古くはねえか」

と合いの手か冷やかしか、どちらともつかない言葉を入れた。

「よう言うた、棒手振りの兄さんよ。わっしの話が古いだと、おめえが盤台の中に入れている鰯とどっちが新しいか聞いてから文句は言いやがれ」

「おや、啖呵《たんか》を切りやがったな。じゃあ、話をしてみろ。だれもが承知の話なんぞしてみろ、魚河岸で仕入れたばかりの鰯をほら蔵、おめえの目ん玉に食わせてやるぜ」

「おうさ、受けた」

と応じた空蔵が、竹棒を虚空にぐるりとまわし、その先端を芝口橋の北詰めで研ぎ仕事をなす小籐次に向けた。

「この話、赤目小籐次様が関わる話だ」

小籐次は空蔵のこの言葉を聞いて懐の浅草紙を千切って丸め、両の耳にぐいぐいと突っ込んだ。

浅草紙はすきがえしをした紙で諸国の和紙を扱う久慈屋では売っていない。主に落とし紙として使われる安物の紙だ。

「ほう、酔いどれ様にな、ここんところ姿を見せなかったよな」

と職人風の男が空蔵に言った。

「おお、よう尋ねてくれた。異国からきたらくだと江戸の名物男の酔いどれ様が関わる話だ。いいか、あたまだけ聞かせようか。らくだは病なんかで見世物を休んだんじゃないんだよ」

「おや、奥山に高い銭で貸し出されていたかえ」

女衆《おんなし》が口を尖らせて言った。

「悪い考えじゃねえ」

「あたったか」

「全くあたらねえ。よおく、耳の穴をかっぽじって聞くんだ。な、なんとらくだ二頭は拐しに遭っていたんだよ。それで今まで見世物に出したくとも出せなかったのが真相だ」

「おい、ほら蔵、まさか作り話じゃねえよな」

職人風の男が空蔵に糺した。

らくだの拐し話は一切江戸市中に流れていなかった。それだけに空蔵の言葉を耳にした芝口橋を往来する人々が新たに集まってきた。

「たしかにおれの異名はほら蔵だ、だがな、赤目小籐次様が仕事をしている芝口橋の上で嘘が言えるか。いい加減な作り話をしてみろ、おれの首が芝口橋の上に高々と舞い、おめえらが『たまや！』と叫ぼうじゃねえか、ちがうか」

「叫ぶ」

と男が応じた。

「真の話か」

「真も真、らくだは小梅村のらくだ小屋から消えてしまった。そこでだ、難波橋の秀次親分とこの空蔵が一計を案じて、驚き慌てる興行元の藤岡屋由蔵さんによ、知恵を貸したと思いねえ」

「難破橋の親分はいいとしても、読売屋の空蔵が知恵だと、怪しいな」

「怪しくねえ」

と怒鳴り返した空蔵が、

「赤目小籐次様の望外川荘には、おりょう様、駿太郎さんの他にクロスケなる飼い犬がいるんだよ。このクロスケはわっしの案内で見物にいったからあらくだの臭いを承知だ。

そこで駿太郎さんがクロスケとともに艱難辛苦《かんなんしんく》の何昼夜か、ついについにらくだをタネに身代金三百両を藤岡屋の旦那から脅しとろうとした一味の隠れ家を、川向こうの亀高村で見つけたんだ。そこでよ、親父様の出番だ。

一方悪党どもはらくだを逃して知らぬ振りをしようとしたと思いねえ。そこで元厩番の酔いどれ小藤次様が厩にいた裸馬にまたがり、はいよ、はいよ、と馬腹を蹴って、クロスケともども亀高村から治兵衛新田なんぞを深夜のおいかけっこと相なったんだよ」

「らくだは捉まったか」

「捉まったから本日からめでたくも両国広小路の見世物に戻ったんだよ」

と応じた空蔵が一拍間を置いた。

「ご一統、天下無双の武芸者赤目小籐次とらくだ二頭にクロスケの、月明かりの下でのおいかけっこは延々と夜明けまで続き、ついに中川の縁でらくだは追い詰められた。また悪党どもも南町奉行所定廻り同心近藤精兵衛様と難波橋の秀次親分らの手でお縄になった。

いいか、本日の読売はそればかりではないぞ。名人円山応挙の孫の円山応震絵師が、月明かりの下での酔いどれ様、クロスケ、それにらくだの走り合いを迫力のある動きで描いた木版墨刷りをつけて、ちょいと高いが後世値打ちが必ずでる読売一組が五十文だ！　持ってけ、泥棒！」

「よし、買った」

一人が声を張り上げて巾着から銭を出した。たちまち空蔵と助っ人らの手から木版墨刷りの図と読売が売れて行く。

一瞬の間に円山応震が描いた何百枚もの『月明かり　らくだと酔いどれ様が乗る裸馬の競い合いの図』が完売した。

小籐次の背を見詰める数多の視線が不意に消えた。

だが、小籐次の研ぎの手は止まらなかった。

小籐次の前に汗を手にまで掻いた空蔵が立った。

「赤目様よ、さすがに赤目小籐次の名はすごいな。いくらよ、円山応震絵師の手になる木版墨刷り付きとはいえ、五十文の読売があっという間に売り切れたんだぜ。版木屋の番頭の伊豆助がよ、角樽《つのだる》さげて望外川荘に行き、一方でらくだに大根なんぞを差し入れするとよ」

と興奮の体で叫ぶように話した。

だが、小籐次は全く反応がない。

「聞いているのか、普段四文の読売が十倍以上の五十文で売れたんだよ。芝口橋ばかりじゃねえ、江戸じゅうで芝口橋と同じ光景が見られるぜ。うふうっ、久しぶりに溜飲《りゅういん》が下がったぜ、酔いどれ様よ」

空蔵が未だ手にしていた竹棒を振り回した。すると砥石の上にあった久慈屋の紙切包丁が一閃して、空蔵の竹棒の先を、
すぱっ
と切り離した。
「な、なにをするんだよ」
小籐次が両の耳から浅草紙を丸めた耳栓を出すと、
「わしの落馬話も読売に書いたか」
と空蔵に聞いた。

三

小籐次は、久慈屋の奥で大旦那の昌右衛門、内儀のお楽《らく》、娘のおやえの三人と茶を喫していた。

その場に円山応震の描いた、らくだと駆ける小籐次の裸馬に乗った姿の木版墨刷りの絵があった。

「なかなか力強い光景でございますな。さすがは円山応挙様の孫、絵師の血筋で

す。これが墨刷りとはいえ五十文とは、破格の値段にございますぞ」

「昌右衛門どの、実際はこの図とはえらい違いでござる。それがしはらくだの首にかけた麻縄を腰に巻き、もう一頭に麻縄をかけようとして一頭目のらくだが暴れたせいで落馬した体たらく、このような読売の絵の光景とは似ても似つきませんでな」

小籐次は自嘲した。

「赤目様、落馬したのはたしかでございましょう。それは一人であのらくだを二頭捉まえた最中の出来事ですぞ、かようなことがどこのどなたに出来ましょうか。いくら馬の名手でもらくだを二頭相手にしては馬から落ちるくらい当たり前です。赤目様がすごいのは麻縄を離さず、らくだをちゃんと自分の手の内に捉《とら》えて放さなかったことです。これはだれにもできることではございませんぞ」

昌右衛門の言葉に、相変わらず苦虫を嚙み潰した体の小籐次が思わず腰をさすった。それをおやえも昌右衛門も見逃さなかった。それに膏薬《こうやく》のにおいも小籐次の体からしていた。まだ打撲が完治していない証だ。

小籐次も分っていた。昌右衛門らが落馬したことを恥じる小籐次を元気づけようとしていることをだ。

廊下に足音がして観右衛門が姿を見せた。その手にはもう一枚、木版画らしいものがあった。

「大旦那様、空蔵さんがこれを赤目様にと置いていかれました」

「木版画はここにもございますがな」

「こちらと比べて下さいまし」

観右衛門が丁重に皆の前で広げたのは、空蔵が五十文で売ったらくだと裸馬にまたがった小籐次、それにクロスケの競い合いと同じ構図だが、こちらは鮮やかな色刷りだった。

「なんと色刷りだと一段と迫力がございますな。赤目様の動きも表情もよう分ります」

と昌右衛門が手にとった。

小籐次はちらりとその画面に視線をやり、

「いよいよ赤目小籐次も年貢の納め時、どこぞの在所に引き込みますかな」

と呟いた。

その言葉には構わず昌右衛門が、

「大番頭さん、こちらの色刷りはまさか五十文で売るわけではございますまいな」

「大旦那様、こちらは試し刷りだそうで、ちゃんとした紙に本式の色刷りを何枚か組にして二分で売り出すそうです。まあ、らくだ人気にあやかった円山応震絵師と版元と藤岡屋由蔵さんの知恵でございますよ」

「二分ですか、なかなかの値段ですな」

「それでもお買い求めになるお方が大勢おられると藤岡屋さんは言うておるそうです。らくだはともかく酔いどれ小籐次様は一首千両の値がついた兵《つわもの》ですぞ、二分では安うございます」

観右衛門の返答に昌右衛門が大きく首肯した。

「もはや赤目小籐次様は名代の役者衆か吉原の花魁《おいらん》なみの人気ね」

おやえが父親の手から木版色刷りの絵図を受け取り、母親のお楽といっしょに見ながら感嘆した。

「おやえさん、わしはただの老いぼれ爺ですぞ。役者衆や花魁衆と比べようもござらぬ」

と小籐次は力なく言った。

「いえ、これで酔いどれ小籐次様のお顔がさらに一段と江戸に知れ渡りますな、だれもが認めざるをえない事実です」

昌右衛門が応じて観右衛門に目で合図して、

「大番頭さん、最前の浩介から申し出のあった話ですがな、赤目様さえご承知ならば私は出かけようと思います」

と話題を変えるように言い出した。

「それはよいご決断にございます」

小籐次は二人の会話を耳にして、

「それがしが承知すれば出かけるとはなんでございますな」

と思わず尋ね返した。

「おお、赤目様は未だご存じないことでしたかな」

「大旦那様、赤目様には未だお話ししてございません」

「これはな、なんとしても聞き入れてもらいたいもので」

観右衛門と昌右衛門が言い合った。

いよいよ小籐次は話が分らず、ぽかんとした表情で二人の顔を交互に見た。

「いえね、過日の伊勢参りの話とは別です。私、このところ手足が冷えて肩が凝ります。冬を前にしてなんとも不都合なことでございましてな」

と昌右衛門が言い、お楽までが、

「おまえ様、私も同じように足腰が」

「なに、おまえさんもか。やはり歳ですな、ここは思い切って出かけますか。どうでございましょうな、赤目様」

「大旦那どの、なんの話やら見当もつきませぬ」

「おお、こちらの勝手な思い込みで話を進めてしまいましたな。いえね、師走の忙しい時節を前に半月から二十日ほど熱海に湯治に行きましてな、療治をしようと思い立ちましたので」

「熱海に湯治ですか。それはなんとも羨ましいお話で」

と小籐次が言いながら打撲の腰に手を置いた。

「赤目様、おりょう様もお伴して下さいますな」

「えっ、われらも湯治に参るのでござるか」

「私とお楽の夫婦に大番頭さんの年寄り三人だけを熱海に行かせて、赤目様はしらんぷりはなさいますまいな。なにしろ赤目様は、らくだにさえ人情をお掛けになるお方でございますからな」

昌右衛門が小籐次の心をくすぐるように言った。

いきなり、熱海への湯治行とはどういうことか、小籐次は狼狽して言った。

「大旦那どの、それがしは別にして、おりょうの都合も聞かぬことにはどうにもなりませぬ」

「で、ございましょうな。おりょう様がうん、と申されれば赤目様、われらの旅に同道して頂けますかな。ほれほれ、私どもが赤目様と知り合った箱根路を思い出して下され。旅に出るとどのようなことが起きるか知れたものではございますまい」

久慈屋の家族と手代だった浩介が箱根へ湯治にいく道中、この界隈名物の山賊どもに襲われたのだ。その折、小籐次が一行を助けたのが久慈屋と知り合うきっかけであった。

「それはそうですが」

小籐次の頭に別の考えが浮かんだ。

今年の春に甲斐の身延山久遠寺に代参旅に行ったばかり、おりょうとてそうたびたび望外川荘を留守に出来まいと思った。小なりといえども芽柳派の歌壇を主宰するおりょうだ。おりょうにはおりょうの都合もあろうと思った。

「まずはおりょうに問うた上でお答え致しとうござる。久慈屋どの、それでよろしゅうござるか」

「むろんです」

　と昌右衛門が快く応じて、

「おやえは正一郎もいることです。浩介ともどもお店を守って下されよ」

　と事を先に進めた。

「湯治に行きたいのは山々だけど、こんどはお年寄り衆の療治ということで私たちは我慢するわ。だけど、おりょう様はいいとして、もうひと方はどうなるのかしら」

「もうひと方とは、どういうことだ、おやえ」

「駿太郎さんのことよ」

「おお、駿太郎さんがおられたな。どうしたもんでございましょうな、熱海に同道なされますか、赤目様」

　おりょうに聞いた上で返事をすると言ったにも拘《かか》わらず熱海行きの話がどんどん小籐次の目の前で進んでいった。

「最前も申しましたが、まずはおりょうに了解をとらねばなりません。ただ、今春に身延山に新兵衛さんの代参で旅したばかり、おりょうもそうそう簡単に江戸を離れることはできますまい」

「いえ、おりょう様は、快く大日那様方のお供をしてくださるような気がしますがな」

と観右衛門が言った。

小籐次はなんとなくわけがわからないままに話を受けて、

「ともあれおりょうの考えを」

と答えざるを得なかった。

小籐次は仕事を早めに切り上げて小舟を久慈屋の船着場から江戸の内海に向けて出した。

その途中新兵衛長屋に顔を見せていこうと思った。というのも腰の打撲治療で、この十数日、新兵衛長屋にも顔を見せていなかったからだ。

堀留の石垣に小舟をつけると、色付いた柿の木の下で新兵衛が研ぎ仕事の真似事をしていた。

（あちらの研ぎ屋はまだ仕事をしてござるか）

と思いながら小籐次は小舟から石垣を攀《よ》じ登ろうとして、腰に痛みが走るのを感じた。

「歳にはかてぬか」

と言いながら、なんとか長屋の裏庭に這いあがった。すると勝五郎が長屋から姿を見せ、

「おや、赤目小籐次様のご入来だぞ、もう腰はいいのか」

と聞いた。

「腰がどうしたというのだ、なんでもないわ」

「嘘をいえ、馬から落ちたんだろ。腰のあたりから膏薬のにおいがしてくるぞ」

「なに、膏薬を張っておるのが分るか」

「おお、赤目小籐次落馬の図をよ、空蔵が売り出すとよ」

「ばかを申せ。らくだと馬の競い合いの図だ」

「大売れに売れているってな、おれに彫り代をいつもより弾んでくれたぞ。もっとも円山応震先生の絵の彫りは、絵彫りが得意な彫り師に回った。おれに絵が彫れればな、もっと金が稼げるんだがよ。ちっとばかり色がついただけだ」

それでも機嫌よく勝五郎が言った。

「こちらは変わりないか」

「新兵衛さんか、相変わらず赤目小籐次を演じているぜ。そのせいでおれなんか、新兵衛さんを赤目小籐次と思うようになっちまったよ」

勝五郎が新兵衛を見下ろし、

「なあ、赤目小籐次様」

と言った。研ぎ仕事の最中の新兵衛が、

じろり

と勝五郎を睨み上げ、砥石から手を離して傍らの木造りの刀に手をかけた。

「待って下され、赤目様。下郎ごときがいうことに一々逆ろうていては、武士の沽券《こけん》に関わりましょうぞ」

小籐次が慌てて仲裁に入った。

「口さがないものよ、下郎はな」

と答えた新兵衛が、

「下郎、許す。厠に行きたければ勝手に参れ」

と勝五郎に命じた。

「く、くそっ」

と小声で罵った勝五郎が小籐次に、

「久しぶりだ、魚田《ぎょでん》で飲むか」

と誘った。

「いや、このところ酒は断っておる」

「酔いどれ小籐次が酒を断った。なぜだ、馬から落ちたからか」

「そう二度三度と繰り返すこともなかろう」

小籐次は不機嫌な顔で小舟に戻った。

「だんだんとよ、歳を取ってくるとよ、我儘になってくるな。若い嫁なんぞもらうからそう不機嫌になるんだよ」

勝五郎が言い放った。

「余計なことだ」

小籐次はそう小声で言い返すと、早々に堀留へと小舟を出した。

「明日もこっちに仕事に来るんだよな、酔いどれ様よ」

「おりょうの返答次第だ」

「仕事までおりょう様の了解を得るのか」

小舟は新兵衛長屋の石垣からだいぶ離れていた。久慈屋からの話を勝五郎にするには離れ過ぎていた。

小籐次は築地川から江戸の内海に出ると大川河口の左岸、深川へと小舟を進め
て行った。

大川の流れを逆行して櫓を進めるより、深川から本所へと碁盤の目のように結ばれた堀を伝ったほうが楽だったからだ。

木場から横川へと入ったとき、六つの鐘音を聞いた。

竪川を横切り、長崎橋のところで声が掛かった。

「師匠、どうだ、腰の具合は」

荷足り船の片付けをしていたのは已之吉だ。

最近、弘福寺の寺道場に朝稽古に来るようになって、小籐次のことを一郎太らと同じく師匠と呼ぶようになっていた。

「本日より仕事に出た」

「そいつはよかった」

と答えた已之吉が、

「おお、師匠、藤岡屋の旦那がよ、師匠に会いたがっていたぜ。腰が治ったんなら よ、おりょう様といっしょにらくだに挨拶に行きなよ。天下の赤目小籐次から

くだを探し出して連れ戻ったというんで、ますます人気が高まってよ、見世物の終わりが六つに延びたんだとよ。らくだも楽じゃねえよな、なにもしないたって、ああ大勢の客に見られてよ。人疲れするぜ」

両国広小路で仕入れた話を小籐次に告げた。

己之吉はらくだを小梅村の百姓家の小屋に戻したときに、興行元の藤岡屋由蔵と顔見知りになっていた。

「その内、顔を出すと伝えてくれ」

己之吉と別れた小籐次は、源森川に差し掛かったとき、らくだの小屋のある百姓家の方角を見た。六つが見世物の仕舞いの刻限だとすると、らくだは未だ戻っていないはずだ。

小籐次は源森川から隅田川の左岸の土手沿いに須崎村まで上がり、長命寺を横目に湧水池の船着場に小舟を入れた。

船着場では、駿太郎とクロスケが小籐次を待っていた。

「父上、お帰りなさい。仕事はどうでした」

駿太郎が小籐次の腰を案じる言葉を問いかけて、小籐次の投げる舫い綱を杭に結んだ。

「久しぶりの研ぎで指先の感じが最初は摑めなかった。剣術も研ぎ仕事も一日休めば、それを取り戻すのに三日はかかるな。わしは半月ほど仕事を休んだ、ゆえに元の研ぎの感じが戻るのに一月半かかることになる」

「父上、無理をしてはなりませぬ」

駿太郎が小籐次を諭すように言った。

「老いては子に従えか」

小籐次の呟きが聞えなかったように、駿太郎が船着場から手を差し出した。

「とうとう十一の倅どのの手を借りねば舟から船着場にも上がれぬようになったか」

小籐次は駿太郎に手を引かれて船着場に上がった。

その折、駿太郎の腕力が一段と強くなっていることに気付かされた。

(老いるわけじゃ)

小籐次は胸の中で呟いた。

「父上、昼過ぎに久慈屋の浩介さんが参られました」

「なに、若旦那がな。なんの用事かのう」

浩介は昼前に顔を見たあと、仕事仕舞いの折はその姿を見ていなかった。浩介はその間に望外川荘を訪れていたか。

わしが久慈屋にいるのにどんな用事か、と小籐次は訝しく思った。

「母上とお話ししておいででした。母上にお尋ね下さい」

と駿太郎が言うと、

「クロスケ、行くぞ」

と先に立って歩き出した。

四

湯に独りで入った小籐次は腰の打撲の跡を無意識のうちに揉んでいる己に気付き、はっとした。

なんとなく久慈屋の若旦那浩介がおりょうに会いにきた理由を悟ったような気がした。

(久慈屋にまた心配をかけさせた)

という気持ちと、

(わしは未だ老いてはおらぬ)

という苛立ちが胸の中で交錯した。

小籐次が湯を上がると夕餉の席が座敷に設けられていた。

膳は三つ、小籐次の膳だけに二の膳がついて焼き鯛が添えられていた。一人で食せぬほど立派な大きさだ。

「わしだけ鯛とはどういうことか」

「怪我の快気祝いを久慈屋さんから頂戴致しました」

おりょうが応じた。

「浩介さんが訪ねてきたのはそのためか」

「はい」

とおりょうが返事をして、

「本日、熱海の湯治に行く昌右衛門様ご夫婦と大番頭さんにおまえ様が付き添うお話があったそうですね」

と小籐次に尋ね返した。

「あった」

返答をした小籐次に銚子が差し出され、

「酒はしばらく飲むまい」

と拒んだ。

「快気祝いにございます。口だけでもお付け下さい。私もお相伴させて頂きます」

とおりょうが勧めた。

「そうか、快気祝いか、ならば口を付けるだけだ」

と言いながら小籐次は、盃を差し出した。

おりょうが八分目に注いだ。

「そなたにはわしが注ごう」

といったん膳に盃を置いた小籐次は、おりょうが取り上げた酒器に酒を注いだ。

「おまえ様の怪我、大事に至らずご回復、重畳《ちょうじょう》でございました」

おりょうの言葉にうむと答えた小籐次が盃の酒を口に含んだ。

久しぶりの酒だ。なんとも言われぬ風味と香りが小籐次を捉えた。

忘れていた酒の味だった。

「うまい」

「回復なされた証です」

小籐次は盃を手にしみじみと酒の香りと余韻を楽しんだ。

「うむ、どうなされますとはどういうことか」

おりょうが銚子を取り上げ、新たな酒を小籐次の手に持つ盃に注ごうとした。

小籐次は一瞬迷った末に盃を差し出していた。

「二杯くらいならよかろう」

小籐次の言い訳めいた呟きには返事をせず、

「熱海行きのお供ができそうですか」

とおりょうが尋ねた。

「もはや腰はなんともない」

と小籐次が言った。

「ならば昌右衛門様方にお供なされますな」

「今年の春は身延山久遠寺に代参旅に参った。一年の内に二度の旅をしては生計《たつき》も立つまい」

「殿方が案じられることではございません」

とおりょうがいい、

「おまえ様の気持ち次第です」

と小籐次の顔を見た。

「そなたはどうだ」

「久慈屋さんのお気持ちを素直にお受けなされ」

小籐次はしばし黙考しておりょうに問うた。

「わしの腰の怪我を案じての熱海行きというのか」

おりょうがこくりと頷き、

「たしかにおまえ様の体を考えてのことです。それと浩介さんには義父昌右衛門様、姑のお楽様、大番頭さんを、師走を前に骨休めさせたいという気持ちが重なってのことでございましょう」

「わしはもう治った」

と小籐次が言った。

「父上」

夫婦の会話に駿太郎が加わるように呼びかけた。

「なんだ、駿太郎」

「父上は未だ腰をかばっておられます」

「なに、わしが腰をかばうじゃと、そのようなことがあろうか。かように快気祝いまでしておるのだ。もはやなんともない」

小籐次の抗弁に駿太郎もおりょうもなにも言い返さなかった。

己の体の具合をいちばん承知なのは小籐次だった。だが、認めたくなかった。

「駿太郎、父には落馬の影響が残っておるというか」

「いつもと体の動きが違います」

「なにをいうか、わしの体はわしがとくと承知だ」

小籐次の言葉に駿太郎は、なにも言わず、

「母上、お先に夕餉を食してようございますか」

とおりょうに話を振った。

「父上と私はこの銚子の酒をしばらく楽しみます。駿太郎、そなたを待たせましたね」

とおりょうが許しを与えた。

駿太郎が膳の箸をとり、吸い物の椀を手にした。蛤の吸い物を駿太郎が美味しそうに啜る音が家族の座す座敷に響いた。

おりょうは小籐次の二の膳の鯛の身をほぐして小籐次と駿太郎の皿に取り分けた。

「久慈屋さん一家がおまえ様の体を案じられ、若旦那の浩介さんをわざわざ快気祝いに事寄せて望外川荘に遣わされたのです。そして、浩介さんはおまえ様を湯治に同道するよう、私に説得してくれと頼んでいかれました」

「浩介どのは手代時代から心根の優しいご仁であった」

はい、と答えたおりょうが、

「おまえ様、かようなことが過ぎし日にございましたか」

と腰の話に戻した。

ない、と小籐次は思った。それで小籐次には納得できなかった。

(天下の酔いどれ小籐次が腰療治に湯治じゃと)

「駿太郎も、おまえ様の体が十全でないというております」

おりょうの言葉を噛みしめながら、

「そなたはどうだ」

と小籐次は問うていた。

「私の気持ちよりおまえ様の気持ちが大事にございます」

「わしは治った」

と小籐次が頑固に言ったが、言葉にいつもの力がなかった。

「無理にとは申しません。とくと久慈屋さん一家のご親切を考えて下され」

と最後におりょうが小籐次に願った。

翌朝のことだ。

創玄一郎太と田淵代五郎が弘福寺の寺道場に行くと、本堂の入口に智永と已之吉が並んで道場の中を覗き込んでいた。

「な、なんだ」

と代五郎が言いながら、本堂への階を上がり、寺道場を見ると小籐次と駿太郎が竹刀を構え合って、立ち合い稽古の最中だった。

「父上、参ります」

「おお、本気を出してかかってこよ。わしの体は治ったでな」

と小籐次が宣告した。

駿太郎が頷くと一瞬裡に間合を詰めて、来島水軍流の正剣十手の序の舞から続けざまに技を出していった。いつもより技が素早かったが、小籐次は敢然と受け、弾いた。だが、駿太郎は二の手、三の手を立て続けに出し、一瞬たりとも止まることなく動き続けた。

「おお、やりおるな」

小籐次は駿太郎の迅速にして剽悍《ひょうかん》の技を弾き返した。

己が駿太郎に教えた技だ。

余裕を持って受けた。だが、反撃をしようとすると駿太郎は小籐次の体の脇に飛び移って次なる技を放った。

小籐次は駿太郎の動きに合わせつつ、竹刀を振るっていたが、腰の打撲の痛みはないが、どうもいつものように動かなかった。

だんだんと駿太郎の素早い技の連続に押されてきた。

「おお、師匠が駿太郎さんに押し込まれておるぞ」

己之吉が叫び、智永が、

「師匠、後ろは仏壇だぜ」

と怒鳴った。

「うるさいぞ」

と小籐次が本堂入口の二人に叫んだ途端、体勢が崩れた。

その隙を狙って駿太郎が小籐次の胴を打った。腰を痛めた右側とは反対の左脇腹だ。

むろん駿太郎は力を抜いて打っていた。それでも小籐次が、
うっ
と呻き声をもらし、腰砕けにその場にへたり込んだ。

「やった、駿ちゃんが師匠をやっつけたぞ」

と智永が喚《わめ》き、本堂の奥で密かにこの稽古を見ていた和尚の向田瑞願が、

「歳には勝てんか、赤目小籐次」

と言いながら寺道場に姿を見せた。

「うるさいぞ、坊主の親子め」

小籐次が応じたが声に迫力がなかった。

「父上、未だ腰の打撲は治りきっておりませぬ」

駿太郎が平静な声で宣言した。

「湯治に行って治療を」

と言外に願う気持ちがあった。

「駿太郎、わしはそなたらのいうように落馬で受けた打撲が残っておるようだ。

どうもふだんの動きと違う」

とそのことだけを認めた小籐次は、

「駿太郎、そなたらだけで稽古を致せ。わしは研ぎ仕事に行って参る」

とすごすごと寺道場を出ていった。

駿太郎が黙ってその背を見送った。これまで見たこともない寂しげな姿だった。

「駿ちゃん、やったな」

「智永さん、父上は怪我の身です。久慈屋さんが案じられて熱海への湯治に連れていこうとしておられます」

「で、酔いどれめ、どう答えた。行くのか、熱海に」

和尚が羨ましそうに駿太郎に聞いた。

「それがはっきりと行くとは申されません。どうしてかな」

駿太郎が首を傾げた。

「そなたの親父は『御鑓拝借』以来、数多の勲《いさお》しを立ててきた天下無双の武芸者だぞ。そんな古強者でも老いには勝てまい。らくだのせいとはいえ、迂闊《うかつ》にも落馬したのがその証だ。赤目小籐次は、己の老いをな、認めたくないのだ。分るか、駿太郎」

向田瑞願は倅の智永に聞いたか、落馬の話を持ち出した。

「和尚さん、父上はどうなさりましょう」

「久慈屋からの誘いを素直に受けて、熱海に湯治に行けばよい。そうすれば腰の打撲など治るわ。だが、あの分だと己の老いを認めたくないで、頑固に拒むかもしれん。となると赤目小籐次はこれまでの古傷を抱えた上にこたびの打撲を加えて生きていくことになる」

と瑞願がいうのを駿太郎らは聞いた。

「どうするよ、今日の稽古はよ」

智永が言った。

駿太郎が決然と顔を上げ、いつもどおりに行います、と宣言した。

四半刻後、小籐次は小舟で源森川から横川へと向おうとしていた。すると源森川に小籐次が捉まえたらくだ二頭を乗せた船が姿を見せた。

船には藤岡屋由蔵と唐人服を着た男衆が乗り込んでいた。これから見世物小屋へと向うところだろう。

「ああ、酔いどれ様、未だ見舞いにも礼にも行っておりませんでした。らくだを取り返してくれた恩人に済みません。近々必ず望外川荘に訪ねて参りますからね」

藤岡屋の声は元気を取り戻していた。

「そんな要はない」

らくだを乗せた船と小舟が源森川の中ほどで船縁を合わせた。するとらくだが小籐次を覚えているのか、顔を突き出して小籐次の顔を舌先でべろべろと舐めた。

牝の七歳のらくだだ。

「爺の顔がそれほどよいか」

こんどは牡の八歳のらくだが牝に代わって小籐次の顔を舐めた。

「赤目様の力で取り戻した牡のらくだに、酔いどれらくだ、牝にはおりょうらくだと名付けました。両国広小路に大きな看板を掲げたところ、酔いどれらくだとおりょうらくだの名を見物の客が呼ぶのです」

「なに、わしの名前がらくだに乗っ取られたか」

新兵衛に続いてらくだにまで名を取られたと小籐次は思った。

「よろしいではないですか、天下無双の酔いどれ様ゆえ、だれもが赤目様の名をつけたがるのですよ」

と元気を取り戻した藤岡屋由蔵は平然と言い、

「そうだ、近々おりょう様と見物にいらしていただけませんか。むろん見物料はいりません、赤目小籐次様には私の心ばかりのお礼をご用意いたします」

「言うておくが金子も酒も要らぬ」

「そんなものは考えておりませんよ」

と応じた藤岡屋が、

「おお、そうだ。赤目様、腰の具合はいかがですか」

と付け足しに小籐次の打撲の腰を気遣った。

「まあまあよ」

と答えた小籐次とらくだ船は源森川で擦れ違って別れた。

この日、小籐次は仕事を途中で投げ出していた魚源の永次親方のもとで研ぎ仕事をなした。

昼の時分、堀に泊めた小舟に永次親方が顔を出した。

「赤目様、腰の具合はどうだ」

「まあまあだ」

ここでも小籐次は同じ返事をした。

すると永次親方が小籐次の様子をじいっと見て、

「歳いってからの打ち身をばかにするとあとで後悔するぜ。治すときはとことん治すことだ。湯治にでもなんでも行きなせえ。おめえさんはこの江戸にはなくてはならないご仁だ。湯治代くらいおれが持ってもいい」

と言い出した。

「有難うござる」

と答えた小籐次は、久慈屋からそんな話が出ている経緯を正直に語った。

「そうか、おめえさんの後ろには紙問屋の久慈屋がついていたな。おれなんぞが出しゃばる幕じゃねえか」

「いや、親方の気持ちは有難く頂戴する」

「久慈屋さんの心遣い、素直に受けねえな。それでこそ天下の酔いどれ小籐次様だぜ」

親身の言葉に小籐次は頷いた。

その日の七つ過ぎまで魚源の道具の手入れをした小籐次は小舟を芝口橋へと向けた。

小籐次がその夜望外川荘に戻ってきたのは、五つ過ぎのことだった。

出迎えたおりょうと駿太郎に、

「久慈屋さんの湯治行きに同道することにした」

と小籐次が言った。

「それはようございました。出立はいつですか」

「四日後と決まった」

と答えた小籐次が、

「おりょうはいっしょに熱海に参る。駿太郎、留守番が出来るか」

「父上、お任せ下さい」

と駿太郎が即答した。

うんうん、と頷いた小籐次はふだんから、

(おのれのことを爺や年寄りというておるわりには歳のことを真剣に考えておらなかったわ)

と内心悔いた。

腰の痛みを抱えた秋の夜長のことだった。

第五章　熱海よいとこ

一

翌日、小籐次は久しぶりに新兵衛長屋に研ぎ場を設けた。熟し始めた柿の木の下だ。

熱海の湯治行から江戸に戻ったとき、もはや寒さで外で仕事をすることは出来まいと思った。となれば新兵衛と並んで研ぎ仕事をするのは来春まで無理だ。

そんなわけで足袋問屋の京屋喜平から頼まれた道具を新兵衛長屋に持ち帰り、新兵衛と並んで仕事をした。

風もなく穏やかな陽射しが新兵衛長屋に差し込んでいた。

今日の新兵衛は無口だった。角材を砥石代わりに小籐次が造った木刀を丁寧に研いでいた。

「新兵衛さん」

と呼びかけたが新兵衛から返事はなかった。未だ赤目小籐次になり代わりが続いておるのかと思い、

「赤目小籐次様、仕事の具合はいかがかな」

と言い換えた。すると新兵衛が研ぎの作業を中断し木刀の刃を指の腹で触りながら、ふと小籐次を見た。

「ばかなことを言いなさんな。赤目小籐次はおまえさんではないか」

とまるで元気だった折の新兵衛の口調で言った。

「おや、わしの姓名が戻ってきたか」

「そなた、呆けが高じておるのではありませぬか、しっかりしなされ。家族が泣きますぞ」

「全くだ、酔いどれ小籐次が腰の痛みに悩まされて湯治に行くようでは世も末だ」

「ほう、湯治か。いささか羨ましいですな」

「新兵衛さんも熱海に行かれますかな」

「熱海なあ」

と新兵衛が澄んだ空を見上げて、物思いに耽《ふけ》る表情を見せた。そこへ勝五郎が姿を見せた。仕事が一段落したのか、息抜きに庭に出てきたようだ。

「赤目様、ご機嫌麗《うるわ》しゅうございますかな」

勝五郎が新兵衛に呼びかけた。すると新兵衛がじろりと勝五郎を見て、

「今月の店賃はどうなっておるのだ、勝五郎さん」

と睨んだ。

「な、なに、新兵衛さん、呆けは治ったのか。もう赤目小籐次遊びは止めたのか」

「なにを下らんことを言うておるか、そんなことでこの新兵衛が店賃を忘れると思うておられるか」

「うーむ、たしか今月の店賃はお麻さんに払ったぜ」

「子どものお麻に店賃を支払ったって、そんな誤魔化しは通りませんよ」

と新兵衛がいい、小籐次を見て、

「わしがしっかりせんと、長屋の連中が気を抜いてしまうでな。とてもじゃないが熱海の湯治は無理だな」

と言うと研ぎ場に立ち上がり、草履《ぞうり》をつっかけて木戸口へと、さっさささと足取りも軽く歩いていった。

「どうなっているんだ。新兵衛さん、正気に戻ったのか」

「そうではあるまい」

「なんとなく言うことに辻褄があってねえか」

「まあ、わしの名がわしに戻ってほっとしたがな」

「二人小籐次はいけねえよ。こんがらがって厄介だ」

と言った勝五郎が新兵衛のいなくなった研ぎ場に腰を下ろし、

「熱海に湯治か」

とちょっぴり羨ましそうな顔をした。

「贅沢《ぜいたく》の極みという顔をしているな」

「まあ、人間にはよ、分相応というものがあらあ。天下の酔いどれ小籐次ゆえに巡ってきた贅沢だ。精々楽しむことだ」

「そう言われるといよいよ身が縮まるというか、悪いことをしに行くような気分じゃな」

「おめえさんはよ、新兵衛さんじゃねえが『御鑓拝借』騒ぎ以来、赤目小籐次を演じ続けてきたんだ。おめえさん自身は気付いていなかったかもしれないが、どこかに無理が掛かっていたんだな。それがこたびの落馬の因よ。久慈屋の旦那もそんなことに気付いて熱海へ誘ったんだよ。おめえさんのいねえ江戸は寂しいが、気分をすっきりと変えてきねえな」

勝五郎が珍しく殊勝なことをいい、小籐次は素直に頷いた。

「おーい、勝五郎さん、出来ているか」

木戸口で空蔵の声がして、勝五郎が、

「出来ているよ、もっとましな大ネタを持ってこねえか」

と催促しながら長屋に戻って行った。

彫り終えた版木を勝五郎が布に包んで空蔵に渡すと、空蔵が、

「久慈屋で聞いたが、酔いどれ様、熱海に湯治だってな。どうした風の吹き回しだ。酔いどれ小籐次に湯治だなんて似合わないぜ」

と研ぎ場に寄って来て、小籐次の前にしゃがんだ。

「空蔵さんよ、いろいろと事情があるんだよ」

勝五郎が言った。

「酔いどれ様、やっぱり落馬した腰が痛いのか」

「いや、痛みは消えたが腰の動きがな、どうも今一つだ。昨日も駿太郎の動きについていけずに手厳しくやられた」

「親父の威厳形無しか」

「まあ、そんなところだ」

「長年使い込んだ体の手入れを熱海でしてきねえ。おまえさんの行くところ、なにかが起ころうじゃないか。そんときはよ、いいかえ、おれに真っ先に話してくれよ」

と空蔵が念押しした。

「空蔵さんよ、酔いどれ様が旅先で騒ぎに巻き込まれたら、なんのための湯治か分らないじゃないか。こんどは騒ぎはなしだ」

「ということは、勝五郎さんよ、おまえさんの仕事もなしということだ」

「それがな、今一つ得心がいかないがこたびは療治が狙いだ。仕事が減るのは致し方ねえ、きっぱり諦めるよ」

勝五郎が言い切った。

空蔵が研ぎ場の前から立ち上がり、

「そうだ、藤岡屋の旦那が酔いどれ様にぜひ会いたいとよ。湯治に行く前に一度くらい両国広小路に顔を出しねえな。らくだも喜ぶぜ」

　と言い残して姿を消した。

「らくだが喜ぶか、なにやら妙な気分じゃな」

　湯治に行く原因はらくだのせいだ。小籐次にとって複雑な気分だった。だが、考えてみれば、らくだが、

「この辺で体の手入れをせよ」

　と命じたと思えば、らくだが恩人といえないこともない。昨日舟で擦れ違ったらくだの顔を小籐次は思い出していた。

「おれも一度くらいらくだの面を見てみてえな」

　勝五郎が言い出した。

「勝五郎さん、わしの仕事も目鼻がついた。今日は早仕舞いにしてわしといっしょにらくだ見物にいくか」

　小籐次の誘いの言葉に、

「そうだな、仕事ばっかりじゃ世の中つまらねえもんな。おれもらくだでここんところ稼がせてもらったんだ。らくだに礼の一つも言いてえや」

　勝五郎が応じたところに新兵衛が再び姿を見せた。

「なに、らくだ見物じゃと、店賃を納めるが先じゃぞ」

と言った新兵衛がふと小籐次の顔を見て、

「これ、そこのご仁、わしもらくだを見てみたいものじゃ」

と言い出した。

「新兵衛さん、人混みの中はいけねえよ」

勝五郎が手を横に振って慌てて言った。

「らくだはこのわしに、赤目小籐次に会いたいのであろうが。違うか、勝五郎」

「ありゃ、また新兵衛さんが赤目小籐次に舞い戻ったぜ。その上、らくだ見物がしたいだと、面倒の上塗りだぜ」

とぼやいた。

「赤目様、らくだの前で大人しくできますかな」

小籐次が思い付きで聞いてみた。

「わしも一廉《ひとかど》の武士赤目小籐次である、案ずるな」

と言い出した。

「じょ、冗談はなしだ。酔いどれ様よ、騒ぎが起こってもおりゃ、知らないぞ」

勝五郎の腰が引けた。そこへお麻が姿を見せて、

「お父つぁん、どうしたの」

と尋ねた。

「お女中、らくだ見物の話が纏《まと》まったところじゃ」

お麻が小籐次の顔を見た。

「わしが誘ったらその気になったようだ。お麻さん、いかぬかのう」

「お父つぁん、ほんとうにらくだ見物がしたいの」

小籐次の問いにお麻が父親に質した。

「おお、わしも参る」

「ならば私もお父つぁんに従うわ。だって亭主もお夕もらくだ見物しているし、お父つぁんも行くならば、家族の中で私だけがらくだと対面していないことになるもの」

とお麻が言い出した。

「おい、酔いどれ様、お麻さんよ、両国界隈はもの凄い人混みというぞ。そんなところに新兵衛さんを連れていってどうしようというのだ。迷子にでもなってみねえ、おりゃ、知らねえぞ」

「いや、舟の中から見物するならばよいではないか。どうだ」

小籐次が新兵衛同行の方策を披露した。

「川の上かららくだが見えるのか」

「そうではない。暮れ六つにらくだは船に乗せられて小梅村の小屋に戻るのだ。その折にわれらともどもお麻さんと新兵衛さんにらくだを見て貰えばよかろう」

「舟からだと、ただだな」

「そういうことだ」

なんとなくらくだ見物の話が決まった。

「ならば、わしはこの道具を京屋喜平さんに届けて参る。七つ時分までにそなたら三人を迎えに参る」

小籐次は研ぎ場を片付けて小舟に研いだ道具を載せた。

「お父つぁん、らくだ見物よ、着換えるわよ」

お麻が新兵衛の手を引いて裏庭から木戸口に向った。

七つを大きく過ぎたころ、小籐次らは喜多造と国三の漕ぐ久慈屋の荷船に乗って江戸の内海から大川河口へと入って行こうとしていた。

小籐次が新兵衛、お麻、勝五郎の三人を舟かららくだ見物させる話をしたとこ

ろ、大番頭の観右衛門が、

「新兵衛さんがらくだ見物ですか、私も参りましょう。いえね、一度くらいらくだとやらの顔を拝んでもいいかな、と思っておりました」

と帳場格子から身を乗り出した。

若旦那の浩介がにやりと笑った。

となると小籐次の小舟に大人五人は窮屈だ。久慈屋の二人漕ぎの荷船で行くことになったのだ。喜多造の助っ人は手代の国三だ。

「偶には海風を顔に受けるのもいいもんですな」

観右衛門が上機嫌で言った。

新兵衛は船に乗せられたときから急に無口になっていた。だが、船が怖いというわけでもなさそうで、内海から大川の両岸の光景を見ていた。

「この分だと大丈夫かね」

勝五郎が大人しい新兵衛を見て言った。新兵衛の周りをお麻、小籐次、勝五郎が囲んで座っていた。

「らくだを喜んでくれるとよいがな」

小籐次の言葉に、

「そなた、らくだ見物は初めてか」

新兵衛が小籐次に問うた。最前の正気は一時で、身代わり小籐次は未だ続いているらしい。

「いや、初めてではございませぬ」

「ふむ、貧乏侍がなんども見世物に行くのはどうかと思う。らくだ見物はこれで仕舞いに致せ」

「赤目様の申されるとおりにございます。これにて打ち止めと致します」

と小籐次は答えながら、

「お麻さん、わしは何者か」

と小声で尋ねていた。

「ふっふっふ」

と笑った新兵衛の娘のお麻が、

「ともかく赤目様にお礼を申します。お父つぁんがらくだ見物に行くと言い出したので、私もらくだを拝めます。らくだに会えばお父つぁんの気持ちもほぐれるかと思います」

喜多造と国三が漕ぐ荷船は、永代橋から一気に遡上《そじょう》し新大橋を潜った。すると両国橋の上にも西広小路にも大勢のらくだ見物人がいて、ざわざわとしたざわめきが水面を渡って来た。

「おお、らくだ人気は過日の騒ぎでまた一段と高まったようですな、なんとも凄い人出だ」

観右衛門が手を翳《かざ》して眺め、

「船からのらくだ見物は人に揉まれることもなく、よい考えでしたよ」

と小籐次に言った。すると、

「であろう」

と新兵衛がにっこりと笑って小籐次の代わりに返事をした。

六つの刻限前に久慈屋の荷船はらくだが船に乗り下りする船着場に着いた。すると唐人姿のらくだの世話方の一人が、

「酔いどれ様、過日はありがとうございました」

と礼を述べて、小籐次が来たことを興行元の藤岡屋由蔵に知らせに行ったが、直ぐに世話方が戻ってきて、

「赤目様、広小路にお出で下され」

と小籐次がらくだの見世物の場に招かれた。小籐次は観右衛門らの顔を見た。

すると観右衛門が頷いたので、小籐次はしぶしぶという体で荷船を下りて船着場から広小路に上がって姿を消した。

「藤岡屋さんは赤目様にお礼を申したいと言われておりましたからね」

と観右衛門が言い、新兵衛は橋上や広小路のざわめきに驚きの顔で黙り込んでいた。その手をお麻がしっかりと握っていた。

ざわめきだけがしばらく荷船に伝わってきた。

「まあ、新兵衛さんのお蔭でわっしらもらくだ見物が叶いました」

喜多造が大番頭に笑いかけた。

「それは私といっしょです。新兵衛さんが喜ぶとよいのですがな」

と言い合ううちに唐人に扮したらくだ乗りの楽器の調べが高鳴り、
わあっ！

という大歓声が起こった。

「なにが起こったのでしょう」

お麻と勝五郎は、新兵衛が興奮しないように手や帯をしっかりと摑み直した。

歓声が広小路から橋の方へと移動してきて、船の一行にもらくだ二頭が、
ゆらりゆらり

と歩いてくる姿が見えた。

一頭目のおりょうらくだには唐人がチャルメラを奏しながら乗っていた。そして二頭目のらくだにもやはり唐人が乗っていた。

「ああ、赤目様だ！」

と目のよい国三が叫んだ。

「えっ、なんですと」

観右衛門が驚きの声を発した。

お麻や勝五郎も船から伸びあがってみた。

確かに二頭目の酔いどれらくだの鞍に、唐人の衣裳を身に着けた小籐次が乗って苦虫を嚙み潰したような顔をしていた。だが、酔いどれらくだは満足げな顔付きで、悠然たる足取りで人混みの中を船着場へと下り始めた。

「お、おーい、酔いどれ様、この前みてえにらくだから落馬するんじゃねえぞ！」

勝五郎の大声に見物の衆が、

「なに、酔いどれ様はらくだから落馬したのか」

「そうじゃねえよ、馬から落ちたと聞いたぜ」

「どうりでらくだに乗るのを嫌がっていたしよ、へっぴり腰だよな」

と大声で掛け合った。

「勝五郎さん、わしの恥を大勢の前で晒すでない!」

と小籐次が怒鳴ったがすでに時遅しだ。

「よう、日本一、酔いどれ小籐次、らくだに乗るの図だ」

両国橋の西詰めに円山応震と藤岡屋由蔵がいて、応震は手にした画帳に写生をしていた。

小籐次はらくだの鞍の上から眺める光景が馬どころの高さではないことに震えを感じた。ふと久慈屋の荷船に視線が行くと、新兵衛がにこにこ笑って、らくだと小籐次を眺めていた。

(新兵衛さんが喜ぶならばわしが満座の前で恥を掻いたくらいなんでもないか)

と腹を決めた。

らくだ二頭が上手に船板を渡って船に乗り込み、小籐次が酔いどれらくだの上から、

「おーい、喜多造さんや、わしはこのままらくだに揺られて望外川荘に戻るでな」

と叫ぶと新兵衛が、

「赤目小籐次、褒めてとらす！」

と叫んでいた。

二

森藩久留島通嘉の参勤下番《かばん》を見送るために六郷の渡し場に小籐次は先行した。

小籐次が下屋敷の厩番として奉公していたとき、必ず六郷の渡しにてお見送りするのが下屋敷の者の習わしだった。

だが、御鑓拝借の騒ぎの年、箱根の早雲寺の境内から密かに見送ったのを最後にこの習わしを止めていた。もはや森藩とは関わりがないゆえだ。

だが、こたび森藩の剣術指南の役目に就いたゆえに、小籐次は六郷の渡しまで出向いてきたのだ。

まだ通嘉の参勤下番の行列は姿を見せる様子はなかった。

河原のあちらこちらに下屋敷の奉公人らの姿があった。顔を合わせるのは面倒なので、小籐次は少し離れた場所に控えていることにした。

六郷の渡し船は五街道の渡し船の開始の刻限に倣い、明け六つだ。

参勤交代ともなると藩の家臣団の先行隊などが前夜から渡し場近くに泊まり込み、行列が遅滞なく渡れるように仕度をする。それは中大名から大大名の話だ。

だが、徒士《かち》以上が百十人程度、陪臣を合わせても家中千二百人程度の小名森藩久留島家では、臨時雇いの小者などを加え、参勤下番の「威儀」を調《ととの》えたとしても大した行列とはならなかった。

さりながら、行列に加わらない奉公人らが六郷の渡しでお見送りするのが慣例であった。

小籐次は河原から土手に黒たたき塗太刀黒打の御鑓が見えぬかと眺めていると、渡し場より少し下流の芒の原から旅姿の女が出てきた。足早に土手道に向おうとして小籐次に気付き、足を止めた。

「赤目小籐次様ではございませんか」

江戸言葉で小粋な形だったが、歳はそれなりにとっていた。だが、声にも挙動にも歳を感じさせない、

「粋」

と、

「張り」

が見えた。

「うむ」

小籐次は破れ笠の縁を上げて女を見た。

「おお、おくめさんか」

小籐次が折に触れて思い出す顔があった。それが眼前に立つ元髪結いにしてツボ振りのおくめだ。

小籐次は、金杉の鳶市《とびいち》が胴元の一乗寺の賭場でたった一度会ったきりの間柄だ。だが、おくめの鮮やかなツボ振りの手並みと挙動は小籐次の脳裏に刻まれていた。

難波橋の秀次親分から聞き知ったところでは、おくめの父親は名人と呼ばれたツボ振りの弥一だそうな。父親の手解きを受けたおくめは、本業の髪結いとは別に賭場でツボを振ることがあったという。

名人の血筋と手ほどきを受けた娘ツボ振りは江戸の賭場で評判になり、父娘のツボ振りは一世を風靡《ふうび》したとか。

だが、弥一が賭場のいざこざに巻き込まれて死んで以来、おくめは賭場とは縁を切って、本業の髪結いに専念してきた。そして、一人息子の享吉も山城町の質屋山城屋で実直律儀な奉公人として働いていた。

おくめが金杉の鳶市が胴元の一乗寺の賭場で、昔取った杵柄の、「名人芸」を披露することになったには、いささか理由があった。

おくめが突然長屋から姿を暗ましたのだ。

当時、江戸では、奉公先の金子に倅が手をつけたと騙される騒ぎがいくつか続いていた。

秀次は、このおくめの行方知れずを倅の享吉の朋輩だった勘次に金を騙し取られて殺されたのではないかと推量した。

そこで親分に願われて小籐次は一乗寺の賭場に客として乗り込んだ。一乗寺が金の受け渡し場所だったからだ。

ところが殺されたと思われたおくめが婀娜《あだ》な形で姿を見せると、鮮やかにツボを振るのを小籐次は見ることになった。

秀次は全く勘違いをしていたのだ。

一方、おくめは賭場の客として酔いどれ小籐次が姿を見せたことを訝しみ、しばらく江戸を留守にすることにして姿を消した。

そんなおくめとの再会だった。

「まさか酔いどれ様は私を待っていたわけではないわよね」

おくめが小籐次に質した。

どうやらおくめは尋常な方法で六郷川を越えてきたのではないようだ。明け六つ前に地元の川漁師の舟かなにかで江戸に戻って来たのだろう。

「おまえさんの見事なツボ振りがいくら魅力だったとはいえ、赤目小籐次、それほど暇ではないわ。わが旧主の殿様が参勤下番で国許に戻られるゆえ、密かに見送りに来ていたのだ」

「そうでしたか」

と言ったおくめが安堵の表情を浮かべ、

「あの夜の赤目小籐次様の遊びぶりにわたしゃ、おぞけを振るって江戸を逃げ出したのでございますよ。私だって旧悪を世間に、いや、真っ当なお店奉公をしている倅に知られたくありませんからね」

おくめが言い訳した。

「そなたの父親は、名人と謳《うた》われたツボ振りの弥一というご仁だったそうだな」

「おや、私のお父つぁんの名まで承知でしたか」

と答えたおくめが、

「なんとなく酔いどれ様が元気ないように見えるのは私の勘違いかね」

と反問した。

話題を自分から小籐次のほうへと、おくめはツボ振りの勘で替えたのだ。

「さすがはツボの中の賽《さい》の目を自在に読むおくめさんだ」

と答えた小籐次は、落馬話の仔細をおくめに聞かせた。

「おやまあ、森藩の厩番だった酔いどれ様がらくだとやらの生き物に振り回されて落馬ですか」

「そんなわけで腰を痛めた。近々芝口橋際の紙問屋久慈屋方の供で豆州《ずしゅう》熱海に湯治に行くことになっておる」

「縁ですね。私もこの一月余り熱海に居りましたのさ」

「なに、熱海にか」

「陽射しは穏やかで魚は美味しいし、湯は打ち身にはよう効きますよ」

と言ったおくめがしみじみと、

「どうやら赤目様は、私が江戸から消えた経緯《いきさつ》をすべて承知のようですね。倅がお店の金子に手を付けたと一時にしても疑った愚かな母親でした。ええ、騙されたつもりの二十両でこの世の名残りに箱根、熱海と湯治三昧でございましたよ。酔いどれ様もこの辺で体を労《いたわ》るのは悪い話ではございませんよ」

と諭すように言った。

愚かな母親とおくめが自らを卑下したのは、倅の享吉が奉公先のお店の金子二十両に手を付けたと信じて、倅の朋輩だった勘次に渡そうとした行為を指していた。だが、そこはツボ振りのおくめだ。金杉の鳶市を頼ったところ、若造の勘次の愚かな騙しを知ったのだ。

「倅の享吉どのがそなたの帰りを待っておる。今日にも元気な顔を見せてやれ、おくめさん」

「酔いどれ様にうちのことはなんでも摑まれてるようですね」

「わしではない。難波橋の秀次親分は、最初、そなたが勘次に金子を騙しとられて殺されたかもしれぬと案じて、一乗寺の鳶市の賭場にわしを送り込んだのだ。その隙に親分方はそなたの骸《むくろ》が一乗寺の床下にでも埋められているのではないかと探し回ったのだぞ」

「えっ、そんなことを難波橋の親分方にさせましたか」

「ところが出くわしたのはそなたの鮮やかなツボ振りの芸よ」

「やっと酔いどれ様が賭場に遊びにきたわけが分りましたよ。私は難波橋の親分と酔いどれ様に大きな借りをつくりながら、のうのうと湯治三昧の罰《ばち》あたり女でしたか」

と苦笑いした。

「わしも親分もそなたに貸しなんぞなにもない。ともあれあのツボ振り芸は見物であった。わしがこの歳になって驚いたのはそなたの芸とらくだの見世物くらいかのう」

「えっ、私とらくだがいっしょですか」

「らくだといっしょでは悪かったかのう」

「いえ、らくだの評判は熱海にも聞こえてきましたよ、私はただの年寄り婆、らくだ様と比べて頂いて大いに光栄ですよ」

「おくめさん、金杉の鳶市がそなたの帰りを待っておる」

「酔いどれ様は、私にまたツボ振りをせよといいなさるので」

「そなたの親父様がどのような名人であったかは知らぬ。そなたの緩急自在のツボ振り芸は、剣の極意に通じるほどの至芸であった。ときに賭場を賑わすのも悪くあるまい。倅どのは、秀次親分から母親の秘めた技を知らされて驚きもしたが、一度見てみたいものでと関心を持ったそうだ」

「くそ真面目な享吉がそんな」

「血筋は争えぬということよ」

　ふっふっふふ
　と笑ったおくめが、

「倅になんと言い訳しようかとそれだけが悩みでしたが、酔いどれ様にこの六郷の渡し場で会って胸の中が軽くなりました」

「それはなにより」

「赤目小籐次様も黙って熱海にいけばよいことがございますよ」

　と言い残したおくめがすたすたと河原から土手へと上がっていった。

　そのとき、土手に森藩久留島家の黒たたき塗太刀黒打の御鎗が見えて、久留島家の参勤交代の行列が見えた。

「文政六年正月十二日、麻布古川より出火、品川八ッ山辺へ飛火、品川本宿より鮫洲まで焼亡す」

　と『武江年表』に記載された火事で森藩の下屋敷と中屋敷が類焼したこともあって、定例の四月の下番がおよそ五か月遅れになっていた。

いつしか六郷の渡し場には森藩の行列を渡す船の用意ができていた。

小籐次は、その行列を渡す御船に歩み寄り、裁っ付袴を穿いたまま河原に座した。

行列が河原に下りて来た。

見送りの家中の者と乗り物に乗った久留島通嘉が別れの挨拶を交わした。

不意に通嘉の視線が挨拶の場から離れて河原に座す小籐次に向けられた。

「ああ、赤目小籐次か。そなたも見送りに来てくれたか」

小籐次は平伏した。

すると通嘉が何事か随行の家臣に命じた気配があった。

小籐次はただ頭を下げていた。すると近くに人の気配がして、

「赤目小籐次、よう参ったな」

との通嘉の声が平伏した頭上でした。

「ははあっ」

「許す、面《おもて》を上げよ」

通嘉の言葉に小籐次はわずかに額を地面から離した。

そのとき、おくめは土手道にいてこの光景を見ていた。

天下無双の赤目小籐次が六郷の河原に跪《ひざまず》き、頭を下げていた。するとこんどは乗り物から殿様が下りて小籐次に近付き、何事か声を掛けた。

小籐次と藩主の久留島通嘉が視線を交じわらせた。傍らに小姓一人が従っていた。

「おい、見たか。『御鑓拝借』で名を上げた赤目小籐次様がよ、六郷河原に土下座をする相手はいってえだれだ」

「旧主の久留島通嘉様よ」

「おお、城なし大名と御城で朋輩の大名方に蔑《さげす》まれた田舎大名か。ただ今の赤目様ならば、たとえば加賀百万石の大大名でもよ、千石でも、二千石でも出して、三顧の礼で迎えにこようではないか」

「それが赤目様の忠義心の篤《あつ》いところよ、二君に仕えずとの気持ちが江戸っ子の胸を打つのよ」

「そういえば酔いどれ様に願かけすれば望みが叶うというので、えらい賽銭が上がったことがあったな」

「六百両よ、それをあっさりと御救小屋《おすくいごや》に寄進して、自らの食い扶持は研ぎ仕事で稼いでなさる」

「えらいやね」

そんな話がおくめの耳に入ってきた。噂には聞いていたが、どえらい人物と知り合いになったもんだよ、とおくめはなんとなく付き合いがこれからもありそうだと思った。


「小籐次、なぜ予の傍で見送りをせぬ」

と通嘉が言った。

「殿、それがし、家中の者ではございません」

「剣術指南は家中の者ではないか」

「ございませぬ」

と小籐次が答えた。

「予はそなたが家中に戻ることを念じておる」

「殿、覆水は盆には返りませぬ」

と答えた小籐次は、

「一年のお別れにございます。道中恙《つつが》なきことを江戸より祈願しております」

「うむ」

　と答えた通嘉が乗り物に戻りかけ、再び足を止めて小籐次の許へと戻ってくると、腰の印籠を抜き取り、

「小籐次、そなたへの餞別《せんべつ》じゃ。予がそなたに出来るのはこれくらいのことよ」

と自嘲した。

　小籐次は一瞬迷った。

　東海道を上る折、最初の渡し場の六郷河原だ。多くの人々がこの光景を眺めていた。むろん武家方もいた。

　通嘉は、未だ赤目小籐次との縁があることを無意識のうちに天下に示していた。

「頂戴して宜しいのでございますか」

「そなた、らくだを捉まえる折に腰を打ったそうだな、痛み止めが入っておる。よいか、無理をするでないぞ」

　なんと通嘉は、らくだを小籐次が捉まえたことも腰を痛めていることも承知していた。

「ははあ」

　小籐次は両手で通嘉の印籠を頂戴した。

通嘉の気配が消えた。

小籐次は再び平伏して通嘉を見送った。

どれほどの刻限が過ぎたか。

「赤目様」

と呼びかける声に小籐次は顔を上げた。

もはや久留島通嘉の行列は川崎宿側に渡り、土手道を乗り物が上がって消えていこうとしていた。

「お見送り恐縮至極にございます」

近習頭の池端恭之助が手を差し伸べていた。

「そなたは殿に随行せぬのか」

「殿も最後までお迷いになられておられました。ですが、昨晩、それがしが呼ばれ、江戸に残るように命じられました」

小籐次は立ち上がり、両手にしていた印籠を川向こうに捧げ持って示したのち、懐に仕舞った。

「そなたは万が一の折、殿の頼りになる数少ない家臣のはず」

「それがし、江戸藩邸育ちです」

池端が言い訳した。

「ですが、それがこたびの参勤下番に随行しなかった理由ではございません。殿は、赤目小籐次様が熱心に剣術指南をなさろうとするにも拘わらず、上士たちがそれを拒んでいる態度に憤慨しておられるのです。そして、殿が国許に戻られた間に、江戸藩邸の上士方が赤目様をないがしろにすることを気にかけておられます」

「殿がさようなことまでお心遣いを」

「はい」

と答えた池端が、

「赤目様の懐の印籠は殿のお気持ちにございます。殿の江戸不在の折、なにがおころうと赤目小籐次をわが藩に繋ぎとめておくようにと、格別にそれがしに命じられたのでございます」

「池端どのはそれがしのために江戸に残られたか」

「赤目小籐次様は森藩久留島家にとってただ一つ誇り得る存在です。それを上士方は認めようとはなさらない、なんとも度量の狭い上士方にございましょう。それがしも赤目小籐次様にただ申し訳なく思うております」

池端恭之助が言った。

二人は黙々と六郷河原から土手道へと上がった。そこには創玄一郎太と田淵代五郎が待ち受けていた。この二人が通嘉に随行しないのは小籐次も承知していた。

「池端どの、それがし、熱海に行かぬほうがよかろうか」

と小籐次が二人に会釈をしたあと、池端に尋ねた。すでにこの一件は池端を通じて許しを得ていた。

「いえ、ぜひ行って下され。赤目小籐次様は、わが藩のみならず江戸の宝です。ここで体を十分に治して元気で江戸へ戻ってきて下され、それが殿のお望みでもございました」

池端恭之助が言い切り、

「師匠、望外川荘は駿太郎さんともどもわれらが守ります」

と一郎太が言葉を添えた。

三

熱海に出立の朝、七つの刻限、駿太郎が漕ぐ小舟で築地川を上がって、芝口橋の久慈屋の船着場に小籐次とおりょうは着いた。

旅仕度の二人が船着場を見ると、喜多造と国三が久慈屋の所有する船の中でも新しい船を仕度して待っていた。国三は一行の世話役、「道中方」として同行するのだ。

「お早うござる」

と挨拶をなす小籐次に喜多造が返礼して、

「駿太郎さん、こっちに小舟を横付けにして下され。赤目様とおりょう様に乗り換えてもらいますでな」

と言った。

「まずまずの旅日和ですな」

同道する久慈屋の昌右衛門が船着場に姿を見せて小籐次に言った。その他、内儀のお楽、大番頭の観右衛門の三人に世話方の小女のかやがこれまた旅仕度で現れた。旅に同行するかやは、女中頭のおまつの知り合いの娘だ。十五歳にしてはしっかり者で、体も丈夫なことから同道を命じられたのだ。

浩介、おやえ夫婦に番頭ら奉公人の男衆やおまつらが見送りに出てきた。

「いいか、かやさん、なんでも物事先に先に考えてよ、体を動かせ。大旦那様方や赤目様方がなにしてほしいか考えてよ、御用を勤めるんだよ」

おまつが実の娘に注意するように言ったが、

「おまつさん、案じなくても大丈夫よ」

とかやは平然としたものだ。

だれも旅の荷を持っていないことを小籐次は訝しく思っていた。

「父上、母上、この次の旅は私も行きますからね」

と言い残した駿太郎の小舟が望外川荘へと戻っていった。

朝稽古の刻限に間に合うように駿太郎は急ぎ漕ぎ戻るのだ。

「駿太郎、望外川荘のことは頼みましたよ」

おりょうの言葉に、

「母上、ご心配なく」

と返事をして手を振った駿太郎の小舟は、見る見る遠ざかっていった。

昌右衛門らの旅の荷物は喜多造の船に載せられていた。小籐次はそれを見て、

「ははあ、品川辺りまで喜多造が一行を送っていくのか」

と独り合点した。

喜多造の船に乗り移った熱海行きの全員を大番頭の観右衛門が、

「大旦那様、内儀様、赤目様におりょう様、それに国三は艫にいると、かやも乗り込んだと、それにわしもいる。頭、七人全員揃いましたぞ」

と指を折って数え、最後に喜多造を見た。

昌右衛門が船着場の見送りの浩介らに、

「それでは留守を頼みましたぞ」

と願い、喜多造の棹が御堀の水底をついて築地川に向けられた。

船の艫でも手代の国三が棹を差していた。

「それがしのために皆々様が江戸を留守にすることになり申した。真に迷惑様にござる」

小籐次が昌右衛門らに改めて詫びた。

「赤目様、こういう言い方をしては失礼と承知です。ですが、赤目様の腰の打撲のせいで、私どもが骨休めする口実が出来たのです。なんとも嬉しいかぎりではございませんか」

と応じる昌右衛門の声は嬉しそうだった。

「それにしても品川まで船で参るとは、また考えられましたな」

「赤目様、品川まではございませんぞ」

その言葉を待っていたとばかり観右衛門が破顔した。

「おや、違いますので」

「まあ、楽しみにしてござれ」

と答える観右衛門の声音もいつもより甲高かった。それだけ旅に出て高揚している気配が見られた。

「私はまた品川辺りから東海道を徒歩で行くものとばかり思うておりました」

おりょうも小籐次と同じく品川宿まで喜多造が送っていくと考えたようだ。

築地川を下り、江戸の内海に出たころ、東の空が明るくなってきた。

櫓に替えた喜多造の船は、駿太郎の小舟がついさっき通ったであろう大川河口に向けられた。

「おや、これはまた」

小籐次が訝り、

「やはり旅は、歌のとおりに『お江戸日本橋七つ立ち』と日本橋にわざわざ戻って始められますか」

とおりょうが推量した。

「赤目様、タネ明かしをしましょうかな。こたびは年寄り、女が多いうえ、腰を痛めた赤目様を伴っての療治旅です」

「いかにもさよう」

「折しもうちに関わりの深い千石船が摂津に向うために佃島沖に待機しています。ならばこの帆船に同乗して熱海まで行くことを大旦那様と相談致しましてな、かような船旅と相なりました」

喜多造と国三が漕ぐ船は佃島沖で出立の仕度を終えた千石船、伊勢島丸に横付けされた。すぐに縄梯《なわばしご》が下ろされて女たちから先に水夫《かこ》らの手を借りながら、千石船の甲板へと上がり、小籐次ら男たちもゆっくりと縄梯を上がった。

甲板には荷は一つもなく広々としていた。

国三が最後に、

「頭、有難うございました」

と喜多造に礼を述べて縄梯を上がってきた。

千石船の主船頭が、

「碇《いかり》をあげろ、帆を張れ」

と命じると、手薬煉《てぐすね》を引いていた水夫たちの手で、千石船は波間に漂う水鳥が空に飛び立つように動き出した。

「久慈屋の大旦那様方よ、いささか船室は窮屈じゃが、ご一統様を迎えるように水夫どもに綺麗に掃除はさせてございますでな、横になられる方には夜具も積んでございますよ」

艫で操船を指揮する主船頭甚七が一行に挨拶した。

「こたびは熱海まで世話になりますぞ、甚七さん」

観右衛門が返礼し、

「内儀様、おりょう様、船室に下りられますか」

と女子衆《おなごし》に聞いた。

「大番頭さん、船の上から朝日を拝めることは滅多にございません。船の衆の仕事の邪魔にならぬなら、しばらく甲板にいたいものです」

お楽の言葉におりょうも頷いた。

「久慈屋のご一統、好きにしなせえ。風は頃合いじゃ。うまくいけば今晩は、城ヶ島か、いやさ、相模湾に入り鎌倉辺りの湊に泊まって、明日の昼下がりには熱海にお送りできましょうぞ」

と請け合った。

そのとき、東の海から陽が上り、空と海を一気に茜色に染めた。

一同から歓声が上がり、合掌して日の出を拝んだ。

「なんと一歩も歩くこともなく明日にも豆州熱海に到着しますか」

合掌をといたおりょうが呟き、ばたばたと三十五反の主帆と三角の弥帆が風に鳴った。

「ご一統様や、知ってのとおり船は風次第じゃぞ。のんびり構えて陸《おか》の紅葉なんぞを楽しみなされ」

主船頭甚七に言われ、一同は思い思いの場所から遠のいていく江戸や行く手の内海に往来する大小の船を眺めて楽しんだ。

国三とかやは、一同の荷を主船頭に指定された船室に運び込み、気分の悪くなった人のために夜具を敷きのべて再び甲板に出てきた。

いつしか伊勢島丸は、多摩川河口と木更津沖の間を抜けていた。

「おりょう、まさか船旅とは努々《ゆめゆめ》考えもしなかったぞ」

「おまえ様、なんとも楽旅にございますな。それもこれもおまえ様のお蔭です」

「おりょう、その言葉は禁句じゃぞ、情けなくも落馬したことを思い出すわ、気分が悪くなる」

「私の気分は上々でございますよ。それに来島水軍の末裔が亭主どののせいか、私は船旅が気に入りました。海風にこの景色を愛でての旅、お大尽になった気分でございます」

と答えたおりょうが、

「お楽様はいかがでございますか」

「私も気分は極めて爽快です」

と女たちも船旅を楽しんでいた。

「女子衆よ、まあな、江戸の内海は揺りかごに乗った赤子の気分じゃろうが、外海に出るといささか揺れるかもしれねえぞ」

と甚七が脅かした。

「えっ、船はこれ以上揺れますか」

かやが驚きの声を上げ、甚七に聞いた。

「女中さんよ、こりゃ、揺れの内に入らねえぞ。まあ、心配ねえ、この天気も風も二、三日は続くとみた」

甚七の言葉に一同は安心した。

「ほれ、西に神奈川宿が見えようが」

甚七の差す方向を見て、その説明に小籐次たちは飽きることなく船旅を楽しんでいた。

久慈屋はいつものように、いや、いつも以上に早くから店仕度をした。

帳場格子に大番頭の姿はなかったが、若旦那の浩介がその分奉公人の動きに注意を払っていたからだ。

五つ半時分、難波橋の秀次親分が久慈屋に姿を見せて、

「若旦那、皆さん、旅立たれましたか。やっぱり寂しゅうございますね」

「私一人では頼りになりませんか」

秀次の言葉に浩介が笑いながら反問した。

「違う違う、そんな意じゃねえ。久慈屋の店先に酔いどれ様の研ぎ場がないのが寂しいと言ったんだ」

「分っておりますって」

と言った浩介が秀次に、

「なんぞ赤目様に用事でしたか」

「何月も前から行方知れずになっていた佐久間小路備前町の元髪結いのおくめが江戸に戻ってきたんですよ」

「倅さんは質屋山城屋の見習い番頭さんでしたね」

「そうそう、そのおっ母さんですよ。騙し盗られそうになった二十両で箱根、熱海と湯治を楽しんでいたそうなんで」

「おや、まあ。そのことを赤目様に知らせに来られましたか」

「ところがおくめは、赤目様とは一昨日、六郷の渡し場で会ったそうです」

秀次が、豊後森藩の参勤下番の見送りに行った小籐次とおくめが偶然にも会って話をしたことを浩介に伝えた。

「倅さんは喜ばれましたか」

「へえ、わっしがそのことを伝えますとね、『倅がお店の金子に手を付けたと一時は疑った母親です。それに親分のお調べでは、その昔、ツボ振りおくめと鳴らしたそうな。厄介なお袋が江戸に戻ってきましたよ』と落ち着き払ったものでした」

「倅さんの名はなんと申されましたか」

「享吉ですよ」

「そうそう、享吉さん、祖父のツボ振り弥一さん、母親のツボ振りおくめさんの血を引いて大物になるかもしれませんよ」

と手代から久慈屋の一人娘の婿に入った浩介からご託宣があった。

なんとなく久慈屋も世代替わりが始まったかと秀次は、浩介の態度を見ながら思った。


昼前の刻限、須崎村の弘福寺の本堂道場では朝稽古が終わった。

「おい、駿ちゃん、おまえ、父親の酔いどれ様がいないとなると竹刀の振るい方が酷《ひど》くないか。おれの体のあちらこちらに青あざができておるぞ」

寺の倅の智永が駿太郎に文句を言った。

己之吉は、朝稽古の途中で仕事に行き、今日から泊まり込みでの出稽古をなす創玄一郎太と田淵代五郎が智永の泣き言をにやにや笑って聞いていた。

「父上がおられるときと変わりはありませんよ。智永さんが逃げ回るから私が打とうとしたところとは違うところに竹刀が当たって青あざを作るんです」

「そうかなあ」

と首を傾げながらも智永の顔つきが明るくなっていることを、駿太郎ら三人とも知っていた。

四人は本堂の階に座ってお梅が昼餉の握り飯を持参するのを待っていた。

「どうだ、智永さん、そなた、未だ博奕がしたいのか」

と一郎太が尋ねた。

「金があればな。だがよ、うちのような貧乏寺では賽銭も上がらず、お布施も少ないや。博奕どころじゃないもんな」

智永がぼやく声が以前より真剣でないことを三人して知っていた。

「和尚さんの手伝いはしたくないのですか」

駿太郎が尋ねた。

「駿ちゃん、この寺の後継ぎになりたいか」

「では、赤目小籐次の後継ぎはどうです」

「おりゃ、剣術も仏道修行も続かないもんな。それよりおれ、己之吉兄いの荷足り船の手伝いをしようかな」

「金を稼いで博奕をするためか」

田淵代五郎が尋ねた。

「いや、そうじゃないんだ。一郎太さんも代五郎さんも大名家に奉公しているよな。駿ちゃんはまだ十一だ。だから、仕事はしなくてもいいけどよ、大の大人のおれがなにもしないのもな」

と智永が言った。そこへ、

「お待ちどお様」

と言いながら、お梅が番重に入れたお握りと漬物などを持って姿を見せた。

「有難う、お梅ちゃん」

握り飯は梅干しやじゃこ入りだった。

「体を動かすと飯が美味いよな」

と智永が言いながら、直ぐに一つ目を食して二つ目の握り飯にかぶりついた。

「旦那様とおりょう様は、どの辺まで歩いていかれましたかね」

とその場に残ったお梅が駿太郎に聞いた。

「女連れの上に父上は腰を痛めておられます。六郷の渡しはとっくに過ぎましたよね、一郎太さん」

「神奈川宿を過ぎて保土ヶ谷辺りかな」

一郎太が言った。

駿太郎らはまさか小籐次らの熱海行きが船旅とは知らなかったのだ。

「熱海に湯治だと。旅もいいいな」

と呟いた智永が、

「いや、いかんな。おれ、やっぱり己之吉兄いに頼んで荷足り船で働かせてもらうわ」

と言った。駿太郎が見返すと、

「いや、ちゃんと朝稽古はするって。その上で己之吉兄いの仕事を手伝うんだよ」

と言い訳した。

その刻限、久慈屋には空蔵が訪ねてきていた。

「やっぱり酔いどれ小籐次も大番頭さんもいねえか」

「寂しいですか」

浩介が難波橋の親分が口にしたのと同じ言葉を繰り返した。

「そりゃさ、居る人がいないのは寂しいやね。どこまで行ったかね、保土ヶ谷宿は越えていような」

「いえ」

「いえって、保土ヶ谷がまだだと神奈川か」

浩介が首を横に振って東海道ではなく海路で熱海に行ったことを告げた。

「なに、熱海への湯治に千石船で行ったってか、豪勢な湯治道中だな。ああ、そうか、酔いどれ小籐次が腰を痛めたってんで船旅にしたのか」

「それは違うとは言い切れませんし、おっ義母さんやおりょう様の足を考えてのこともあります。けど、偶さかうちの関わりの千石船が上方に向うというので、大旦那と大番頭のご両人が話し合って便乗することにしたんです」

「酔いどれ小籐次千石船の湯治旅か」

「なんでも商いに結びつけてはなりませんよ、空蔵さん」

「若旦那、そうはいってもらくだ話も飽きられているしね、ここらでなにか騒ぎが欲しいがな」

と空蔵が久慈屋の店で頭を抱えて考え込んだ。


七つの刻限、伊勢島丸は風に恵まれ、一気に城ヶ島のある三浦岬を回り込み、三崎湊へと入っていこうとしていた。

「おりょう、なんと相模湾の先に熱海が見えるところまで来たぞ」

小籐次の感嘆の声に主船頭の甚七が、

「来島水軍の末裔、酔いどれ様を乗せたせいかね、よう船が走りよったわ。ほれ、海の向こうに富士の山が見えるわ」

と西に傾いた光に照らされた相模湾を指した。

四

伝説によれば、聖武天皇の神亀元年（七二四）、伊豆は遠流《おんる》の地として定められ、それも重罪人を流す地として知られていた。だが、はっきりとした証はない。東海道の箱根道が開かれたのが平安の初めとされ、旅人は海沿いの根府川《ねぶかわ》道よりも山中の足柄道を選んで往来していた。

この平安時代、宇多天皇の寛平八年（八九六）の秋、京都粟田口東光寺の僧侶善祐が熱海に流されたという。これもまた言い伝えで証はない。

時代は下り、天正十八年（一五九〇）に豊臣秀吉が小田原征伐を行い、北条一族を討った。その結果、伊豆一円は関東とともに徳川氏の領有になり、熱海は三島の代官伊奈熊蔵の支配下にはいった。

慶長二年（一五九七）三月、徳川家康が熱海を訪れ、三月十七日から二十一日まで大湯に入湯した。

このときから熱海と徳川家とは密接な関わりを持つようになる。家康が天下をとって以降、熱海は伊豆山神社を中心とした「村」から大湯を中心とする「湯治場」へと発展していく。

慶長九年、家康は再び京へと上る道中、熱海に立ち寄り十七日間にわたり滞在湯治した。

寛永三年（一六二六）、三代将軍家光が熱海に御殿を設けたが、家光自身が熱海に来訪した様子はない。そして、御殿も取り壊しにあった。

その代わり、熱海の湯を江戸城に献上する習わしが始まった。これを、

「御汲湯《おくみゆ》」

と称した。

この御汲湯は湯戸二十七軒の湯と決められ、その主は将軍家から帯刀御免の特権が与えられた。それればかりか湯戸が配湯から湯治宿まで絶大な力を振るってきた。

御汲湯には二十七軒の主が各々口を覆い、長柄の檜柄杓で大湯の熱湯を新しい檜樽に汲んで、昼夜兼行で江戸城へと湯を運んだ。そして、この献上湯には日の丸を立てていく仕来りがあり、

「熱海よいとこ日の丸立てて御本丸へとお湯がゆく」

と歌われた。

だが、のちに東海道を行く御汲湯道中は船で運ぶように変えられた。

享保十一年（一七二六）から八年間の間に三千六百四十三樽が御汲湯として運ばれたという。

またこの献上湯に倣って江戸の銭湯十三軒が熱海の湯を取り寄せて客を集めたという。それほど江戸時代、熱海は箱根より賑やかな湯治場、温泉として江戸に知られていた。

とはいえ、貞享四年（一六八七）の熱海の戸数は百四十三軒であり、その内訳は、湯戸二十七軒、百姓七十六軒、水呑三十九軒、医家一軒であった。

久慈屋一行が熱海糸川河口の浜に伊勢島丸から降り立ったとき、戸数はおよそ倍ほどに増えていた。一行は、これまでも久慈屋が何度か滞在した湯戸の一軒石渡勢左衛門方に投宿することになった。

観右衛門がおさおさ怠りなく書状で石渡方の離れ座敷を確保していた。ゆえに昌右衛門、観右衛門、小籐次が一座敷を、お楽、おりょう、かやの女子衆が一座敷を、そして国三が荷物部屋を兼ねた控えの間に分宿することになった。

新鮮な相模灘の魚を食し、熱海の湯に入り、海風で英気を養うのだ。そんな日々がいつしか十日余り過ぎようとしていた。

その朝、小籐次は、石渡方の湯ではなく河原湯に浸かりにいった。

熱海の河原にあって相模灘が見渡せ、潮風をうけての入浴が気に入っていた。

河原湯は、小田原藩主稲葉美濃守が村民のために露天湯をもうけて瓦で葺いた屋根を付けたことから、瓦湯とも呼ばれた。

塩分を含んだ湯が小籐次の五体を包み込んでくれて、なんとも気持ちがよい。ついとろとろと湯の中で眠り込んでいた。

小籐次は夢を見ていた。

らくだの背にゆられて海原をゆったりと歩いていた。馬よりも高いらくだの背から見ても茫漠とした海の果てが見えなかった。

（らくだが海を行く、わしはどこに行こうとしているのか）

生きているのか死んでしまったのか、見当もつかなくなった。

ただらくだに身をゆだねてゆられていた。それがなんとも気持ちがよかった。

（夢を見ておるのじゃな）

と思ってみた。

五十有余年、生きてきてかように贅沢な湯治など初めてのことだった。

毎日贅沢な食いものが載った膳があり、その合間に熱海の各所をそぞろ歩き、そして、清左衛門の湯、小沢の湯、風呂の湯、佐治郎の湯、大湯、時に伊豆山の浜に湧く走り湯など遠出して朝な夕なに湯に浸かって回った。

いつしか腰の痛みが消えていた。

現世のうちからかような贅沢をしてよいものか。

(そうか贅沢はわしがあの世に行く前の褒美《ほうび》か)

らくだが余りにも極楽浄土に過ごす小籐次を見かねて黄泉《よみ》の国へと誘っているのではあるまいか。

(そうに違いないわ)

と考えたとき、この世の終わりを告げるような轟きが響き渡った。

「ああー」

と思わず声を上げた小籐次が眼を覚ました。すると海の向こう三里先の海上に初島が浮かび、右手には大島の島影もおぼろに見えた。

「生きておったか」

国三が笑いながら、思わず呟いた小籐次を見ていた。

「赤目様、夢を見ておいででしたか」

「呆けたかのう、あの世かららくだが迎えにきた夢にうなされていたわ」

小籐次の耳に未だ頭上でつんざく様に遠雷が響いていた。

「うむ」

と小籐次が未だ夢を見ているかと考えた。

「赤目様、大湯が朝と夕べの六つに湯を噴き上げる音でございますよ」

「おお、そうか、ということは明け六つか」

小籐次は湯でうたたねをして眠り込んでいた己に気付いた。

「赤目様、腰の加減はいかがですか」

「昨日、宿の庭にて刀を使ってみた。もはやなんともない。これで十年は元気で長生きできような」

「それはようございました」

と答えた国三が、

「私、そろそろ江戸が恋しくなりました。贅沢は飽きるものですね」

と小声で小籐次に言った。

かしくなった」

「わしも正直いうと須崎村の暮らしがな、いや、研ぎ仕事をしている暮らしが懐
と答えたところに手拭いで前を隠した観右衛門が姿を見せた。

「これは相すまぬ。贅沢をさせてもらいながら、つい不平を口にした」

「いえ、赤目様、大旦那様も赤目様の腰がよくなったのなら、いつなりとも江戸へ戻りましょうかと申しておりました」

「それがしの加減を皆さまがお待ちでしたか」

「いえね、女子衆は、もうひと巡りしてもよいというておられますが、私もお店が懐かしくなりました。大旦那様に申し上げて、伊豆大権現にお参りしながら根府川道を小田原へと向いましょうかな」

「大番頭さん、いつですか」

と国三が嬉しげな声を上げた。

「明日の出立では気忙《きぜわ》しいですかな、赤目様」

「お蔭様で心身ともに万全に治りましたでな、明日にても構いませぬ。ならば最

後の湯を楽しみましょうかな」

観右衛門が河原湯に身を浸け、眼前の相模灘を眺めた。おぼろにしか見えなかった大島がはっきりと見えた。そしていつの間にか、大湯の噴き上げる湯の音も消えていた。

小籐次は両眼を瞑って、

(らくだよ、わしを迎えにくるのはもうしばらくあとにせよ)

と呟いていた。


駿太郎はこの日、朝稽古が終わり、昼餉のあと、小舟に独り乗って大川を下った。江戸の内海の鉄砲洲沿いに築地川に入り、まず芝口橋際の久慈屋を訪ねるためだ。

「おや、駿太郎さん、なにか困ったことが生じましたか」

若旦那の浩介が店の上がり框から駿太郎の姿を目敏く見つけて尋ねた。その傍らには難波橋の秀次親分がいた。

「それとも親父様やおりょう様が恋しくなって消息を尋ねにこられましたかえ」

浩介と話し込んでいた親分も言葉を添えた。

「いえ、望外川荘は大丈夫です。森藩の一郎太さんと代五郎さんがおられますから、寂しくなどありません。本日は、お夕姉ちゃんが望外川荘に一夜泊まる日です。父上も母上もおられませんが、一応桂三郎さんとお麻さんにどうしましょうかと尋ねに上がりました」

「おう、それはよう気付かれましたね」

浩介が褒めた。

「父上や母上が江戸に戻ったあとのほうがよいと桂三郎さんが申されるならば、望外川荘に戻ります」

「ええな、駿太郎さんはよ。十一の子がそこまで気がつく。さすがは赤目小籐次様のお子さんだ」

秀次が褒めた。

「久慈屋さんには熱海から便りがございましたか」

駿太郎はやはり心にかけていた問いを発した。

「最前から親分とも話しておりましたが、熱海に無事着いたという文が届いて以来、なしのつぶてです。そのことはお知らせ致しましたね」

浩介の言葉に駿太郎が頷いた。

「のんびりし過ぎて文どころではないのさ。赤目様の腰もよくなってさ、わっしの勘では二、三日内にお戻りになると思うのですがな」

秀次の願望の籠った言葉にも一抹の寂しさがあった。

駿太郎の言葉が奥に聞こえたか、おやえが魚や野菜や鶏卵を入れた竹籠を運んできて、

「うちは煩《うるさ》いお三方がいないのでのうのうとしていますけどね。駿太郎ちゃんのところは寂しくはない、足りないものはない」

と問いながら差し出した。

「正直いうとちょっとは寂しいです。でも百助さんもお梅ちゃんもいるし、寺道場で一日過ごしていますから、大丈夫です。おやえさん、頂戴します」

竹籠を素直に受け取った駿太郎が、

「長屋に立ち寄っていきます」

と久慈屋を出ていった。

「寂しくて泣きついてきたのかと思ったら、しっかりとしたものね」

「侍の子は出来が違いますね」

「親分、赤目小籐次様とおりょう様のお子だからよ」

おやえが感心して駿太郎を見送った。

駿太郎が新兵衛長屋の堀留の石垣に小舟を着けると、冬の陽だまりの下で新兵衛が研ぎの真似事をしていた。

「研ぎ仕事に精を出されておられますね」

尋ねる駿太郎の声に新兵衛が顔を上げて、

「おお、駿太郎か、何事じゃ」

と尋ね返してきた。

どうやらまだ新兵衛の赤目小籐次なり代わりは続いているらしい。

「おい、駿ちゃん、独りで来たのか、えれえな」

勝五郎が長屋から顔を出し、そのあとに読売屋の空蔵が姿を見せた。仕事を頼みにきたか、頼んだ版木を受け取りにきた様子だ。

「酔いどれ様からいついつ帰るって便りはないか、駿太郎さんよ」

「久慈屋さんにも熱海に無事着いたって文の他は届いてないそうです」

空蔵に駿太郎の応じる言葉が聞こえたか、桂三郎一家が揃って姿を見せた。

「どうしたの、駿太郎ちゃん」

「お夕姉ちゃんが望外川荘に泊まりに来る日だから迎えに来たんだけど、父上と母上が戻ったあとのほうがいいでしょうか」

駿太郎が桂三郎とお麻を見た。

「えっ、駿太郎さん、私のことを気にかけてくれたの」

お夕が驚きの顔で駿太郎を見た。

「一月一度のお夕姉ちゃんと過ごす大事な日ですから」

駿太郎の言葉にお麻が、

「私たちも話していたのよ。赤目様とおりょう様がいない望外川荘で駿太郎さんは大丈夫かって」

「お麻さん、一郎太さんも代五郎さんもいるし、ご飯はお梅ちゃんが作ってくれますし、百助さんもクロスケもいます」

駿太郎の言葉の中に寂しさを感じたお麻が桂三郎を見て、

「おまえさん、お夕と私が一晩泊まりで望外川荘にお邪魔してはだめかしら」

と言い出した。

「一晩くらいなら、私一人で舅の面倒は見ることができる」

桂三郎が請け合って駿太郎を見た。

「いいの、おっ母さんと私が泊まりにいっても」

お夕は駿太郎に聞いた。

「望外川荘が賑やかになってよいです。でも、新兵衛さんが寂しがらないかな」

駿太郎が小声でいうと、

「駿太郎、わしのことなれば案じるでない。独り暮らしに赤目小籐次は慣れておるでな」

と新兵衛が小籐次の口真似でいい、大きく頷いた。

「よし、決まった」

と空蔵が、

「小ネタだが、酔いどれ様とおりょう様のいねえ望外川荘の暮らしの風景でも読売に書いてよ、そろそろ赤目小籐次、熱海湯治から江戸に戻る、と江戸の衆に知らせておくか」

と商売っけを早速出していった。

円山応震の『らくだと酔いどれ交歓五景色図』五枚組が大いに売れていた。とはいえ、読売屋の空蔵は一文の得にもならない。だから、喋るのは小籐次が江戸に戻ってきてからだと空蔵は思って、この場では口にしなかった。

「空蔵、寝ぼけておらぬか。だれが湯治に行ったとな。赤目小籐次は江戸を離れることはないぞ」

新兵衛が空蔵を険しい顔で睨んだ。

「はいはい。酔いどれ様は芝口新町の長屋にもう一人おられました」

「勝五郎、はいはい、などと軽々しくも重ね返事をするでない」

新兵衛の小籐次が怒鳴った。そんな新兵衛を見ながら、

「おまえさん、一晩お父つぁんの世話を頼みます」

とお麻が願った。かくして駿太郎はお麻お夕親子を伴い、須崎村に戻ることになった。


主神を火牟須比命《ほむすびのみこと》とする伊豆大権現に久慈屋一行の旅姿があった。

拝殿に拝礼したあと、小籐次がその場にいた宮司に許しを乞うた。

「宮司どの、それがし、江戸の住人赤目小籐次と申す。この十数日、熱海七湯や伊豆山の走り湯にて湯治をなし、腰の打ち身もお蔭をもちまして消え申した。お礼代わりに拙《つたな》い武芸を奉納したいが宜しいか」

「江戸で名高い赤目小籐次様が奉献なされるとは、わが伊豆大権現にとっても光

栄の至りにございますよ」

代々久慈屋とは知り合いという宮司が快く許した。

小籐次は道中嚢《どうちゅうぶくろ》と旅衣の羽織を脱いでおりょうに預け、改めて拝礼をなし、伊豆の山を背後に立つ伊豆大権現、あるいは走り湯大権現と呼ばれる祭神に向ってしばし瞑想した。

「赤目小籐次、亡父より伝承の来島水軍流正剣十手ご覧あれ」

と静かに告げ、両眼を開いた。

久慈屋の一行も参拝に訪れた人々も宮司も、思いがけない小籐次の思い付きを見ることになった。

小籐次は腰の一剣次直を抜くと、序の舞から流れ胴斬り、漣《さざなみ》、波頭、波返しと、伊豆大権現の荘厳な空気と同化して、奉献される正剣十手を波小舟までゆったりと演じ終えた。

悠久の時が流れ過ぎていく、そんな感じの小籐次の来島水軍流正剣十手の奉納であった。

次直を鞘に納めた小籐次は、腰から抜いて火牟須比命に奉剣して一礼した。

境内に張りつめた沈黙があった。

小籐次が、

「ご一統様、拙き武芸にござった。お蔭様で痛めた腰も完治致した」

と礼を述べた。

伊豆大権現の拝殿前にいた人々から大きな拍手が湧いた。

小籐次は一礼すると奉剣して清めた次直を腰に戻し、再び旅の一員に戻った。

その刻限、江戸の芝口新町の新兵衛長屋の裏庭でも、独り新兵衛が小籐次の造った木刀を、

「来島水軍流、ご覧あれ」

と言いながら振り回していた。

江戸はこれから本式の冬を迎える時節だった。

この作品は文春文庫のために書き下ろされたものです。

本書の無断複写は著作権法上での例外を除き禁じられています。
また、私的使用以外のいかなる電子的複製行為も一切認められておりません。

らくだ
新《しん》・酔《よ》いどれ小藤次《ことうじ》（六）

定価はカバーに
表示してあります

2016年9月10日　第1刷

著　者　佐《さ》伯《えき》泰《やす》英《ひで》

発行者　飯窪成幸
発行所　株式会社 文藝春秋
東京都千代田区紀尾井町3-23　〒102-8008
TEL 03・3265・1211
文藝春秋ホームページ　http://www.bunshun.co.jp
落丁、乱丁本は、お手数ですが小社製作部宛お送り下さい。送料小社負担でお取替致します。

印刷・凸版印刷　製本・加藤製本　Printed in Japan
ISBN978-4-16-790693-1

佐伯泰英
文庫時代小説
全作品チェックリスト

2016年9月現在
監修／佐伯泰英事務所

掲載順はシリーズ名の五十音順です。品切れの際はご容赦ください。

どこまで読んだか、チェック用にどうぞご活用ください。
キリトリ線で切り離すと、書店に持っていくにも便利です。

佐伯泰英事務所公式ウェブサイト「佐伯文庫」 http://www.saeki-bunko.jp/

キリトリ線

居眠り磐音 江戸双紙 いねむりいわね えどぞうし

双葉文庫

□ ① 陽炎ノ辻 かげろうのつじ
□ ② 寒雷ノ坂 かんらいのさか
□ ③ 花芒ノ海 はなすすきのうみ
□ ④ 雪華ノ里 せっかのさと
□ ⑤ 龍天ノ門 りゅうてんのもん
□ ⑥ 雨降ノ山 あふりのやま
□ ⑦ 狐火ノ杜 きつねびのもり
□ ⑧ 朔風ノ岸 さくふうのきし
□ ⑨ 遠霞ノ峠 えんかのとうげ
□ ⑩ 朝虹ノ島 あさにじのしま
□ ⑪ 無月ノ橋 むげつのはし
□ ⑫ 探梅ノ家 たんばいのいえ
□ ⑬ 残花ノ庭 ざんかのにわ
□ ⑭ 夏燕ノ道 なつつばめのみち
□ ⑮ 驟雨ノ町 しゅううのまち
□ ⑯ 螢火ノ宿 ほたるびのしゅく
□ ⑰ 紅椿ノ谷 べにつばきのたに
□ ⑱ 捨雛ノ川 すてびなのかわ
□ ⑲ 梅雨ノ蝶 ばいうのちょう
□ ⑳ 野分ノ灘 のわきのなだ
□ ㉑ 鯖雲ノ城 さばぐものしろ
□ ㉒ 荒海ノ津 あらうみのつ
□ ㉓ 万両ノ雪 まんりょうのゆき
□ ㉔ 朧夜ノ桜 ろうやのさくら
□ ㉕ 白桐ノ夢 しろぎりのゆめ
□ ㉖ 紅花ノ邨 べにばなのむら
□ ㉗ 石榴ノ蠅 ざくろのはえ
□ ㉘ 照葉ノ露 てりはのつゆ
□ ㉙ 冬桜ノ雀 ふゆざくらのすずめ
□ ㉚ 侘助ノ白 わびすけのしろ
□ ㉛ 更衣ノ鷹 きさらぎのたか **上**
□ ㉜ 更衣ノ鷹 きさらぎのたか **下**
□ ㉝ 孤愁ノ春 こしゅうのはる
□ ㉞ 尾張ノ夏 おわりのなつ
□ ㉟ 姥捨ノ郷 うばすてのさと
□ ㊱ 紀伊ノ変 きいのへん
□ ㊲ 一矢ノ秋 いっしのとき
□ ㊳ 東雲ノ空 しののめのそら
□ ㊴ 秋思ノ人 しゅうしのひと
□ ㊵ 春霞ノ乱 はるがすみのらん
□ ㊶ 散華ノ刻 さんげのとき
□ ㊷ 木槿ノ賦 むくげのふ
□ ㊸ 徒然ノ冬 つれづれのふゆ
□ ㊹ 湯島ノ罠 ゆしまのわな
□ ㊺ 空蟬ノ念 うつせみのねん
□ ㊻ 弓張ノ月 ゆみはりのつき
□ ㊼ 失意ノ方 しついのかた
□ ㊽ 白鶴ノ紅 はっかくのくれない
□ ㊾ 意次ノ妄 おきつぐのもう
□ ㊿ 竹屋ノ渡 たけやのわたし
□ 51 旅立ノ朝 たびだちのあした

【シリーズ完結】

キリトリ線

キリトリ線

□シリーズガイドブック「**居眠り磐音 江戸双紙**」**読本**（特別書き下ろし小説・シリーズ番外編「跡継ぎ」収録）

□居眠り磐音 江戸双紙 帰着準備号 **橋の上** はしのうえ（特別収録「著者メッセージ＆インタビュー」
「磐音が歩いた『江戸』案内」「年表」）

□吉田版「**居眠り磐音**」**江戸地図** **磐音が歩いた江戸の町**（文庫サイズ箱入り）超特大地図＝縦75cm×横80cm

鎌倉河岸捕物控 かまくらがしとりものひかえ　ハルキ文庫

□① **橘花の仇** きっかのあだ
□② **政次、奔る** せいじ、はしる
□③ **御金座破り** ごきんざやぶり
□④ **暴れ彦四郎** あばれひこしろう
□⑤ **古町殺し** こまちごろし
□⑥ **引札屋おもん** ひきふだやおもん
□⑦ **下駄貫の死** げたかんのし
□⑧ **銀のなえし** ぎんのなえし
□⑨ **道場破り** どうじょうやぶり
□⑩ **埋みの棘** うずみのとげ
□⑪ **代がわり** だいがわり
□⑫ **冬の蜉蝣** ふゆのかげろう
□⑬ **独り祝言** ひとりしゅうげん
□⑭ **隠居宗五郎** いんきょそうごろう
□⑮ **夢の夢** ゆめのゆめ
□⑯ **八丁堀の火事** はっちょうぼりのかじ
□⑰ **紫房の十手** むらさきぶさのじって
□⑱ **熱海湯けむり** あたみゆけむり
□⑲ **針いっぽん** はりいっぽん
□⑳ **宝引きさわぎ** ほうびきさわぎ
□㉑ **春の珍事** はるのちんじ
□㉒ **よっ、十一代目！** よっ、じゅういちだいめ
□㉓ **うぶすな参り** うぶすなまいり
□㉔ **後見の月** うしろみのつき
□㉕ **新友禅の謎** しんゆうぜんのなぞ
□㉖ **閉門謹慎** へいもんきんしん
□㉗ **店仕舞い** みせじまい
□㉘ **吉原詣で** よしわらもうで

□シリーズガイドブック「鎌倉河岸捕物控」読本（特別書き下ろし小説・シリーズ番外編「寛政元年の水遊び」収録）

□シリーズ副読本 鎌倉河岸捕物控 街歩き読本

シリーズ外作品 ハルキ文庫

□異風者《いひゅもん》

交代寄合伊那衆異聞《こうたいよりあいいなしゅういぶん》 講談社文庫

□①変化《へんげ》
□②雷鳴《らいめい》
□③風雲《ふううん》
□④邪宗《じゃしゅう》
□⑤阿片《あへん》
□⑥攘夷《じょうい》
□⑦上海《しゃんはい》
□⑧黙契《もっけい》
□⑨御暇《おいとま》
□⑩難航《なんこう》
□⑪海戦《かいせん》
□⑫謁見《えっけん》
□⑬交易《こうえき》
□⑭朝廷《ちょうてい》
□⑮混沌《こんとん》
□⑯断絶《だんぜつ》
□⑰散斬《ざんぎり》
□⑱再会《さいかい》
□⑲茶葉《ちゃば》
□⑳開港《かいこう》
□㉑暗殺《あんさつ》
□㉒血脈《けつみゃく》
□㉓飛躍《ひやく》
【シリーズ完結】

長崎絵師通吏辰次郎《ながさきえしとおりしんじろう》 ハルキ文庫

□①悲愁の剣《ひしゅうのけん》
□②白虎の剣《びゃっこのけん》

キリトリ線

キリトリ線

夏目影二郎始末旅　なつめえいじろうしまつたび　光文社文庫

□① **八州狩り**　はっしゅうがり
□② **代官狩り**　だいかんがり
□③ **破牢狩り**　はろうがり
□④ **妖怪狩り**　ようかいがり
□⑤ **百鬼狩り**　ひゃっきがり
□⑥ **下忍狩り**　げにんがり
□⑦ **五家狩り**　ごけがり
□⑧ **鉄砲狩り**　てっぽうがり
□⑨ **奸臣狩り**　かんしんがり
□⑩ **役者狩り**　やくしゃがり
□⑪ **秋帆狩り**　しゅうはんがり
□⑫ **鵺女狩り**　ぬえめがり
□⑬ **忠治狩り**　ちゅうじがり
□⑭ **奨金狩り**　しょうきんがり
□⑮ **神君狩り**　しんくんがり

【シリーズ完結】

□シリーズガイドブック **夏目影二郎「狩り」読本**（特別書き下ろし小説・シリーズ番外編「位の桃井に鬼が棲む」収録）

秘剣　ひけん　祥伝社文庫

□① **秘剣雪割り** 悪松・棄郷編　ひけんゆきわり　わるまつ・ききょうへん
□② **秘剣瀑流返し** 悪松・対決「鎌鼬」　ひけんばくりゅうがえし　わるまつ・たいけつかまいたち
□③ **秘剣乱舞** 悪松・百人斬り　ひけんらんぶ　わるまつ・ひゃくにんぎり
□④ **秘剣孤座**　ひけんこざ
□⑤ **秘剣流亡**　ひけんりゅうぼう

古着屋総兵衛 初傳《ふるぎやそうべえ しょでん》　新潮文庫

□ **光圀**《みつくに》（新潮文庫百年特別書き下ろし作品）

古着屋総兵衛影始末《ふるぎやそうべえかげしまつ》　新潮文庫

□ ① **死闘**《しとう》
□ ② **異心**《いしん》
□ ③ **抹殺**《まっさつ》
□ ④ **停止**《ちょうじ》
□ ⑤ **熱風**《ねっぷう》
□ ⑥ **朱印**《しゅいん》
□ ⑦ **雄飛**《ゆうひ》
□ ⑧ **知略**《ちりゃく》
□ ⑨ **難破**《なんぱ》
□ ⑩ **交趾**《こうち》
□ ⑪ **帰還**《きかん》

【シリーズ完結】

新・古着屋総兵衛《しん・ふるぎやそうべえ》　新潮文庫

□ ① **血に非ず**《ちにあらず》
□ ② **百年の呪い**《ひゃくねんののろい》
□ ③ **日光代参**《にっこうだいさん》
□ ④ **南へ舵を**《みなみへかじを》
□ ⑤ **○に十の字**《まるにじゅのじ》
□ ⑥ **転び者**《ころびもん》
□ ⑦ **二都騒乱**《にとそうらん》
□ ⑧ **安南から刺客**《アンナンからしかく》
□ ⑨ **たそがれ歌麿**《たそがれうたまろ》
□ ⑩ **異国の影**《いこくのかげ》
□ ⑪ **八州探訪**《はっしゅうたんぼう》
□ ⑫ **死の舞い**《しのまい》

キリトリ線

キリトリ線

密命 みつめい／完本 密命 かんぽん みつめい

※新装改訂版の「完本」を随時刊行中　祥伝社文庫

☐ ① 完本 密命　見参！ 寒月霞斬り　けんざん かんげつかすみぎり
☐ ② 完本 密命　弦月三十二人斬り　げんげつさんじゅうににんぎり
☐ ③ 完本 密命　残月無想斬り　ざんげつむそうぎり
☐ ④ 完本 密命　刺客　斬月剣　しかく　ざんげつけん
☐ ⑤ 完本 密命　火頭　紅蓮剣　かとう　ぐれんけん
☐ ⑥ 完本 密命　兇刃　一期一殺　きょうじん　いちごいっさつ
☐ ⑦ 完本 密命　初陣　霜夜炎返し　ういじん　そうやほむらがえし
☐ ⑧ 完本 密命　悲恋　尾張柳生剣　ひれん　おわりやぎゅうけん
☐ ⑨ 完本 密命　極意　御庭番斬殺　ごくい　おにわばんざんさつ
☐ ⑩ 完本 密命　遺恨　影ノ剣　いこん　かげのけん
☐ ⑪ 完本 密命　残夢　熊野秘法剣　ざんむ　くまのひほうけん
☐ ⑫ 完本 密命　乱雲　傀儡剣合わせ鏡　らんうん　くぐつけんあわせかがみ
☐ ⑬ 完本 密命　追善　死の舞　ついぜん　しのまい
☐ ⑭ 完本 密命　遠謀　血の絆　えんぼう　ちのきずな
☐ シリーズガイドブック「密命」読本（特別書き下ろし小説・シリーズ番外編「虚けの龍」収録）

【旧装版】

☐ ⑮ 無刀　父子鷹　むとう　おやこだか
☐ ⑯ 烏鷺　飛鳥山黒白　うろ　あすかやまこくびゃく
☐ ⑰ 初心　闇参籠　しょしん　やみさんろう
☐ ⑱ 遺髪　加賀の変　いはつ　かがのへん
☐ ⑲ 意地　具足武者の怪　いじ　ぐそくむしゃのかい
☐ ⑳ 宣告　雪中行　せんこく　せっちゅうこう
☐ ㉑ 相剋　陸奥巴波　そうこく　みちのくともえなみ
☐ ㉒ 再生　恐山地吹雪　さいせい　おそれざんじふぶき
☐ ㉓ 仇敵　決戦前夜　きゅうてき　けっせんぜんや
☐ ㉔ 切羽　潰し合い中山道　せっぱ　つぶしあいなかせんどう
☐ ㉕ 覇者　上覧剣術大試合　はしゃ　じょうらんけんじゅつおおじあい
☐ ㉖ 晩節　終の一刀　ばんせつ　ついのいっとう

【シリーズ完結】

小籐次青春抄　ことうじせいしゅんしょう

文春文庫

- □品川の騒ぎ・野鍛冶　しながわのさわぎ　のかじ

酔いどれ小籐次　よいどれことうじ

文春文庫

- □①御鑓拝借　おやりはいしゃく
- □②意地に候　いじにそうろう
- □③寄残花恋　のこりはなよするこい
- □④一首千両　ひとくびせんりょう
- □⑤孫六兼元　まごろくかねもと

〈決定版〉随時刊行予定

- □⑥騒乱前夜　そうらんぜんや
- □⑦子育て侍　こそだてざむらい
- □⑧竜笛嫋々　りゅうてきじょうじょう
- □⑨春雷道中　しゅんらいどうちゅう
- □⑩薫風鯉幟　くんぷうこいのぼり
- □⑪偽小籐次　にせことうじ
- □⑫杜若艶姿　とじゃくあですがた
- □⑬野分一過　のわきいっか
- □⑭冬日淡々　ふゆびたんたん
- □⑮新春歌会　しんしゅんうたかい
- □⑯旧主再会　きゅうしゅさいかい
- □⑰祝言日和　しゅうげんびより
- □⑱政宗遺訓　まさむねいくん
- □⑲状箱騒動　じょうばこそうどう

キリトリ線

新・酔いどれ小籐次　しん・よいどれことうじ　文春文庫

□ ①神隠し　かみかくし
□ ②願かけ　がんかけ
□ ③桜吹雪　はなふぶき
□ ④姉と弟　あねとおとうと
□ ⑤柳に風　やなぎにかぜ
□ ⑥らくだ　らくだ

吉原裏同心　よしわらうらどうしん　光文社文庫

□ ①流離　りゅうり
□ ②足抜　あしぬき
□ ③見番　けんばん
□ ④清搔　すががき
□ ⑤初花　はつはな
□ ⑥遣手　やりて
□ ⑦枕絵　まくらえ
□ ⑧炎上　えんじょう
□ ⑨仮宅　かりたく
□ ⑩沽券　こけん
□ ⑪異館　いかん
□ ⑫再建　さいけん
□ ⑬布石　ふせき
□ ⑭決着　けっちゃく
□ ⑮愛憎　あいぞう
□ ⑯仇討　あだうち
□ ⑰夜桜　よざくら
□ ⑱無宿　むしゅく
□ ⑲未決　みけつ
□ ⑳髪結　かみゆい
□ ㉑遺文　いぶん
□ ㉒夢幻　むげん
□ ㉓狐舞　きつねまい
□ ㉔始末　しまつ

□ シリーズ副読本　**佐伯泰英「吉原裏同心」読本**

キリトリ線

（　）内は解説者。品切の節はご容赦下さい。

篠　綾子
墨染の桜
更紗屋おりん雛形帖
京の呉服商「更紗屋」の一人娘・おりんは、将軍継嗣問題に巻き込まれ、父も店も失った。貧乏長屋住まいを物ともせず、店の再建のために健気に生きる少女の江戸人情時代小説。（島内景二）
し-56-1

篠　綾子
黄蝶の橋
更紗屋おりん雛形帖
犯罪組織「子捕り蝶」に誘拐された子供を奪還すべく奔走するおりん。事件の真相に迫ると、藩政を揺るがす悲しい現実があった。少女が清らかに成長していく江戸人情時代小説。（葉室　麟）
し-56-2

祐光　正
灘酒はひとのためならず
ものぐさ次郎酔狂日記
剣一筋の生真面目な男・三枝恭次郎は、遠山金四郎から、隠密として市井に紛れ込むために「遊び人となれ」と命じられる。遊楽と剣戟の響きで綴られた酔狂日記。第一弾は酒がらみ！
す-18-1

祐光　正
思い立ったが吉原
ものぐさ次郎酔狂日記
ひょんなことから恭次郎は御高祖頭巾の女と一夜を共にする。江戸で噂の、男漁りをする姫君らしいが、相手の男は多くが殺されていた。媚薬の出所を手づるに、事件を調べる恭次郎。
す-18-2

祐光　正
地獄の札も賭け放題
ものぐさ次郎酔狂日記
金貸し婆さん殺しの探索で、賭場に潜入した恭次郎。宿敵の凄腕浪人・不知火が、百両よこせば下手人を教えると言うのだが。きまじめ隠密の道楽修行、第三弾のテーマはばくち。
す-18-3

鳥羽　亮
鬼彦組
八丁堀吟味帳
北町奉行所同心の惨殺屍体が発見された。自殺にみせかけた殺人事件を捜査しているうちに、消されたらしい。吟味方与力・彦坂新十郎と仲間の同心達は奮い立つ！　シリーズ第1弾！
と-26-1

鳥羽　亮
謀殺
八丁堀吟味帳「鬼彦組」
呉服屋「福田屋」の手代が殺された。さらに数日後、番頭らが辻斬りに。尋常ならぬ事態に北町奉行所吟味方与力・彦坂新十郎の率いる精鋭同心衆「鬼彦組」が捜査に乗り出した。シリーズ第2弾。
と-26-2

鳥羽 亮
八丁堀吟味帳「鬼彦組」
闇の首魁
複雑な事件を協力しあって捜査する「鬼彦組」に、同じ奉行所内の上司や同僚が立ちふさがった。背後に潜む町方を越える幕府の闇に、男たちは静かに怒りの火を燃やす。シリーズ第3弾。
と-26-3

鳥羽 亮
八丁堀吟味帳「鬼彦組」
裏切り
日本橋の両替商を襲った強盗殺人。手口を見ると殺しのほかは十年前に巷を騒がした強盗「穴熊」と同じ。だが昔の一味は、鬼彦組の捜査を先廻りするように殺されていた。シリーズ第4弾。
と-26-4

鳥羽 亮
八丁堀吟味帳「鬼彦組」
はやり薬《ぐすり》
江戸の町に流行風邪が蔓延。人気医者・玄泉が出す万寿丸は飛ぶように売れたが、効かないと直言していた町医者が殺された。いぶかしむ鬼彦組が聞きこみを始めると——。シリーズ第5弾。
と-26-5

鳥羽 亮
八丁堀吟味帳「鬼彦組」
謎小町
先ごろ江戸を騒がす「千住小僧」を追っていた同心が殺された！後を追う北町奉行所特別捜査班・鬼彦組に、闇の者どもの「親子の情」が立ちふさがった。大人気シリーズ第6弾！
と-26-6

鳥羽 亮
八丁堀吟味帳「鬼彦組」
心変り
幕府の御用だと偽り戸を開けさせ強盗殺人を働く「御用党」。北町奉行所の特別捜査班・鬼彦組に追い詰められた彼らは、女医師を人質にとるという暴挙にでた！　大人気シリーズ第7弾。
と-26-7

蜂谷 涼
月影の道
小説・新島八重
NHK大河ドラマの主人公・新島八重——壮絶な籠城戦に男装で参加、「幕末のジャンヌ・ダルク」と呼ばれた女性の人生を、女心を描いて定評ある著者がドラマティックに描いた長編。
は-35-4

藤井邦夫
秋山久蔵御用控
花飾り
神田川で刺し傷のある男の死体が揚がった。殺された晩、川の傍にたたずむ女が目撃されていた。さらに翌日、男と旧知の御家人も殺された。二人を恨む者の仕業なのか？　シリーズ第二十弾。
ふ-30-25